발전소

발전소

하재봉

민음의 시 70

민음사

나는 발전소에 가 본 적이 있다. 그렇다는 것이다.

차례

기차가 지나간다

내 기억하거니와, 하늘과 땅을 용접시키던 불꽃의 꼬리가 죽은 나뭇잎처럼 숲 속으로 떨어지는 것이었다.

신분을 감추고 나무들의 바다 속으로 걸어가는 나. 구름은 흩어지면서 숨어 있는 황금을 슬쩍 보여 준다. 저녁보다 먼저 별의 등불을 걸어 두어야 하므로. 기차가

지나간다. 아주 우둔한 자들은 서쪽 지평선 밑에 태양을 매장한 뒤 발전소를 찾아가는 것이었는데, 거꾸로 내려가는 후송 열차인지 상처 받은 신음 소리로 가득 차 있어, 난 잠들 수 없다.

내 거의 확신을 가지고 물어보겠는데, 누구에게도 공격받지 않고 임종을 맞은 사람이 단 한 사람이라도 존재하는가? 그렇다면 남은 나의 생을 그대에게 무상으로 기증하겠다. 기차가

지나간다. 힘을 공급하는 발전소 내부에도, 어두운 뒷골목이 있고 버려진 쓰레기통이 있고 여위어 가는 달과 반비례해서 털의 윤기가 비로드 천보다 빛나는 검은 도둑

고양이가 있다는 것, 왜 모르겠는가.

태양처럼 이해할 수 없는 방식으로 남아 있는 내 목숨. 뒤집으면, 모래시계의 가는 유리관을 통해 추락하는 모래들. 그런데, 이제 숨을 쉬면 공기가 내 몸 안으로 들어올 것인가?

감추고 싶다. 나, 햇빛 사이.

황금의 머리카락을 줍기 위해 발전소로 나온 여자들. 사실은 생리가 중단된 그녀들과 난, 목례를 나누기 전부터 알고 있었다. 왜냐하면 남자들은 모두 자궁을 갖고 싶어 하기 때문이다.

그것을 어디에 감추었다고 생각하세요?

누구나 자기 몸 이외의 또 다른 무덤을 갖고 싶어 한다. 일생 동안 나는 태양에 집착했었다. 그것이 나의 자궁이었고, 그것이 나의 발전소였으며 그것이 나의 암세포였으므로. 벌써 날은 저물고, 그림자들이 길어지고, 벽들

이 두꺼워졌다. 아, 기차가

지나간다.

발전소: 영업정지

1

나는, 발전소를 찾고 있었다. 해가 진 뒤였다. 아직 어둠은 블랙로즈 초콜릿처럼 짙어지지 않았고 태양은 땅 밑으로 내려가 빗장 걸고 잠들었으나, 바람난 햇살들은 문단속 소홀한 틈을 타 치마 펄럭이며 빠져나왔으며, 어둠은 그녀들과 차례로 살을 섞고 있을 때였다. 뙤약볕 아래 너무나 먼 길을 걸어와서 피곤했지만 더 어두워지기 전에 그곳을 찾아야만 했다.

2

땀방울이 살갗 위에서 번쩍였다. 잘 구운 소금 냄새가 났다. 나는 이제 발전소에 가까이 왔다고 생각했다. 홍대 앞 놀이터가 있는 언덕을 올라, 레게 바 '헤븐' 가는 길로 들어서자 동서남북 어디인지 명확하지는 않지만 무엇인가 타는 냄새가 났다. 발전소가 천국 근처에 있나? 다시 카페 '황금투구' 쪽으로 내려가며 이 길도 아닌 것 같아 사람들에게 물었다.

3

발전소가 어디 있어요?

4

태양을 등지기가 어디 쉬운 일인가. 어둠 속이었지만, 불을 질러 놓은 태양의 위세는 조금도 수그러들지 않았다. 더위에 지친 개처럼 혓바닥과 성기를 축 늘어뜨리며 나는 헐떡였다. 담벼락에 오줌 싸며 자라 온 친구들의 이름도 전혀 생각나지 않았다. 같이 잔 여자들 중 몇몇만 겨우 생각났다.

5

아무도 내가 발전소를 찾기 위해 이렇게 많은 땀을 흘리고 있다는 것을 모를 것이다. 너무나 많은 물을 마셨으며 나는, 표류하는 난파선처럼 부서져 있었다. 몸 밖으로 물을 버려야 했다. 그때마다 고압선에서 불꽃이 찌직 찌지지직 연기를 내며 타올랐다.

6

똥꼬치마에 시폰 겉옷을 걸친 여자는 눈을 흘기며 그냥 지나갔다. 나는 그녀의 물고기 같은 다리를 따라가다가 다시 반바지를 입고 흰 모자를 눌러쓴 청년에게 물었다. 요즘 홍대 앞에서 제일 물 좋은 락카페라고 그러던대요,

발전소가 어디 있나요? 그는 주먹을 쥐고 비분강개 조로 대답했다.

7

"수력이나 화력은 구시대의 유물이고요. 우리 시대에는 원자력 발전소가 최고라고 생각합니다. 핵은 평화적으로 사용되야 합니다. 한반도의 비핵화를! 평양 선제공격 절대 반대! 미 제국주의 물러가라! 군사 대국 획책하는 일본은 각성하라!" 내가 원하는 대답은 아니었지만 틀린 말은 아니었다.

8

나에게 발전소 가는 길을 가르쳐 준 것은, 폐품 수집 리어카를 끌고 가는 할머니였다. 아이를 낳을 수 없는 자궁을 몸빼바지로 감추고 재활용 마크가 그려진 티셔츠를 입은 그녀, 주름 진 손이 가리키는 쪽을 따라가니까 정말 발전소가 나왔다. 땀구멍에서는 술이 흘러나왔다. 여기서는 알코올로 발전하나?

9

나는 세계의 중심인 발전소까지 와 있는 것이다.

10

발전소는 영업정지 됐어요. 발전소가 문을 닫았다? 그러면 불은 어떻게 켜지고 있는가. 날은 어두워졌지만 가로등과 네온 간판과 형광등이 환하게 눈 뜨고 있었다. 전기는 어디서 만들어져 누구에 의해 공급되고 있나. 내가 모르는 또 다른 힘이 세상에 숨어 있다니. 영업허가도 받지 않고서.

발전소 가는 길에 만난 발전소

1

그녀의 왼쪽, 앞가슴에 붙어 있는 이름표를 보고 나는 거의 울 뻔했다. 발전소. 이상하지 않은가, 성이 발씨라니! 손씨는 몇 사람 알고 있다. 하지만 발하고 손하고는 다른 것이다. 글쎄, 무엇이 다르냐고 묻는다면 딱히 할 말도 없다. 해도, 다른 것은 분명하지 않은가.

2

발전소 축제 날이었을 것이다, 아마.

3

너, 어디 가는 거니? 나는 물었다. 바쩐쇼에 가는 기리야. 마쓰께메 챦가하라는 지씨를 바다꺼든. 사탕을 물었는지 입을 오물락조물락거려서 분명치 않은 발음이었다. 난 지금 발전소를 찾아가는 길인데. 그녀는 왼손에 들고 있던, 노란 풍선이 매달린 플라스틱 깃발을 오른손으로 바꿔 들었다. 등에는 붉은색 커다란 배낭을 메고 있었다. 응, 나도 바쩐쇼지만 바쩐쇼가 또 이써. 이 세쌍에 바쩐쇼는 마니 이꺼든.

4

나는 발전소와 같이 발전소에 가기로 했다. 적어도 길을 잃을 염려는 없을 것이 아닌가. 그렇지 않겠습니까, 여러분?

5

그런데 가는 길에 또 다른 발전소를 만났다. 그리고 더 많은 발전소들을 만나야 했다. 그녀들은 모두 발전소에 간다는 것이다. 장대높이뛰기에 참가하기 위해 키보다 열 배는 더 큰 장대를 들고 가는 발전소, 무거운 투포환을 두 손으로 안고 가는 발전소, 이유는 달랐지만 모두 발전소를 찾고 있었다. 우리는 함께 발전소 노래를 부르기도 했고 발전소 춤을 추기도 했으며 발전소의 과거와 현재, 미래에 관한 학술 토론회, 뭐 심포지엄이나 세미나라고까지 할 것도 없지만, 소소한 의견 교환을 하기도 했다. 어떤 발전소는, 발전소를 다음 대통령 후보로 옹립하자는 제의를 했다. 발전소는 사람이 아니라 선사시대의 유적이라는 반론이 제기되었다. 아니다, 발전소는 공룡처럼 멸종된 동물의 이름이다. 난 기차인 줄 알았어. 난 컴퓨터 게임, 변신 로봇처럼 움직이는 장난감, IOC에 의해 채택

된 올림픽 공식 경기 종목, 피자 파이의 일종, 심지어 새로 나온 생리대 제품인 줄 알았다는 발전소도 있었다.

6
발전소 4Km

7
길가에 표지판이 나타났다. 우리는 환호성을 질렀다. 옆 발전소를 껴안고 다짜고짜 키스를 하는 발전소도 있었다. 4는 불길한 숫자야, 이것은 아마 우리에 대한 경고일 거야. 이렇게 소수 의견을 내놓는 측도 있었지만 대세에 밀려났다. 이제 발전소를 만난 거나 다름없어. 아니야 발전소에 다 왔지 뭐. 드디어 발전소를 먹게 되는군. 빨리 발전소를 해 봐야지. 난 급해, 지금 시작하려고 하거든, 발전소를 차야 되는데.

8
그런데 길이, 발전소만큼 많은 숫자로 갈라졌다. 발전소들은 발전소를 찾아 각각 다른 길로 흩어졌다. 나는, 처음 만난 발전소를 따라갈까 망설이는 동안, 혼자 남게

되었다.

9

어둠이 발전소처럼 찾아왔다. 나는 발전소처럼 눈물 흘렸다. 그리고 발전소처럼 배가 고팠다. 나는 발전소를 먹었다. 그리고 발전소에 앉아 바지를 벗고 발전소를 누었다. 발전소로 엉덩이를 닦고 발전소가 오기를 기다렸다. 발전소는 오지 않았다. 나도 바쩐쇼였나?

비 오기 전에 발전소는 이동한다?

1

처음에, 나는 그것이 달팽잇과의 한 종류인 줄 알았다. 등에 딱딱하고 둥근 껍질을 지고, 느리게 길 위를 걸어가고 있었다. 아니었다.

2

발전소였다.

3

다음 날 비가 왔다. 물론 발전소가 이동한 것과 다음 날 비가 내린 것 사이의 어떤 연관성도 찾을 수 없었다. 그 다음,

4

아침이었다. 아직 해 뜨기 전이었을 것이다. 그러나 날은 밝았다. 8분 전에 태양으로부터 출발한 빛이, 지상에 닿으면서 사물의 윤곽을 뚜렷하게 밝혀 주고 있었다. 나는 언제나처럼 신발 끈을 단단하게 묶고 공원으로 갔다. 중간에, 긴 밧줄을 쥐고 개를 끌며 공원으로 가는 노파를 만났다. 나는 모른 체하려 했지만 노파가 먼저 나를 알아

보고 반갑게 인사를 하는 바람에 엉겁결에 나도 답례를 했다. 순간적으로, 나는 옆에 있는 돌을 집어 그녀의 머리를 내리칠 뻔했다. 기분이 좋지 않았다. 노인들과 접촉을 하면 왠지 죽음의 냄새가 나는 것이다. 그리고,

5

발전소를 보았다.

6

아아아아아아아아아아아아아아아아아아아아아아아아아아아,
하고 발전소는 외쳤다. 무척 지쳐 보였다. 그녀가 지나간 자리에 약간의 물기가 배어 있는 흔적이 드문드문 나 있었다. 머리에 왕관을 썼지만 초라해 보였다. 나는 대답했다,
어어어어어어어어어어어어어어어어어어어어어어어 억.
끝 부분에서 목이 쉬어 제대로 대답한 것 같지 않아 꺼림칙했지만, 발전소는 개의치 않는다는 표정을 지었다. 다음 날,

7

비가 왔다. 물론 발전소가 이동한 것과 비가 내린 것

사이의 어떠한 정치 역학적 사회심리학적 고고 인류학적 연관성도 찾을 수가 없었다. 그러나 발전소가 이동한 것을 눈으로 확인한 다음 날 비가 내리자 설마 했던 나는, 그것이 발전소 때문이라고 굳게 믿게 되었다. 아니, 발전소가 이동해서 비가 내린 것인지, 비가 내릴 것을 미리 예감하고 이동하는 것인지 알 수 없었지만, 발전소의 이동과 비의 하강 사이에는 어떤 모종의 관계가 형성되어 있다고 믿게 되었다는 말이다.

8

다음에 만나면 발전소에게 그 사실을 확인하고 싶었다. 혹시 그 연관 관계를 밝혀내서, 자신의 신체에 중대한 위험이 닥칠 것을 미리 감지하는 능력을 갖게 될 수도 있는 것이다. 그러나,

9

비가 언제 오는 것인가를 알아야 발전소를 만날 수 있는 것 아닌가. 또 발전소가 다니는 길목이 일정한 것도 아니다. 나는 기상대의 예보를 주의 깊게 들었고 비가 온다는 예보가 있을 때마다 기다렸으나, 그녀는 나타나지 않았다. 내가 이동한 흔적만 물기로 남아 있었다.

나에게 해로운 것들

1

전쟁이 나면, 발전소는 중요한 공격 목표가 된다. 적에게 이로운 것은 나에게 해롭기 때문이다. 반대로, 나에게 해로운 것은 적에게 이로울 수가 있다?

2

나에게 해로운 것들의 목록: 초콜릿, 아이스크림, 스낵과자류.(이상 칼로리가 높기 때문. 욕실에서, 튀어나온 배에 가려져 내 물건을 내가 볼 수 없게 된다면?) 사탕, 설탕 등등, 모든 달콤한 것.(이상 당뇨병의 원인이 될 수 있음. 당뇨에 대한 나의 공포는 스승인 전봉건 선생님이 당뇨로 돌아가신 이후 생긴 것인데, 나는 그 이후 커피도 블랙으로 마시고 있다) 포르노 정치, 포르노 구두, 포르노 돈까스, 포르노 소설.(이상 자위를 유발할 수 있음. 지나친 자위는 건강에 해롭다. 포르말린 냄새가 난다) AIDS.(안전한 섹스: 콘돔을 사용합시다)…… 섹스?

3

섹스가 해로운 것인가?

4

만약 섹스가 해롭다고 하자. 나에게 해로운 것은 적에게 이로운 것이니까, 그럼, 적에게는 섹스가 이롭다?

5

적은 누구인가?

발전소를 공격하는 자.

적은 어디에 있는가?

금 저쪽에. 장벽 뒤에. 보이지 않는 곳에.

적은 왜 적인가?

내가 아니기 때문.

적은 나 이외의 모든 것인가?

그렇다.

내 안에 적이 있다면 나는, 나의 적인가?

아니다. 그렇다. 아니다.

6

심리학자들은 이 부분에서 내가 지나친 대인공포증 혹은 피해망상증 등을 갖고 있다고 생각할지 모른다. 그러나 나 이외의, 아니 나 자신까지도 적인 것이다. 처자식도! 부모 형제도! 친구도! 소도! 돼지도! 말도! 말?

7

발전소를 가동시키는 가장 중요한 원동력은 중동의 모래사막에서 끌려온 석유나, 산골짜기에서 흘러나와 저수되었다가 낙차 크게 떨어지는 물, 원자력이 아니라, 말이라는 것을 사람들이 알고 있는지나 모르겠다.

8

전쟁이 나면 먼저 말을 무찔러야 하는 것이다. 발전소는, 말의 바다 말의 사막 말의 숲 말의 사원 말의 자궁. 그러나 플라톤에서 시작된 말 중심주의 서구 형이상학의 위대한 전통을 거부하고 글 중심주의를 주장한 해체주의자 자크 데리다는, 글을 공격해야 된다고 반론할지도 모른다. 국립중앙도서관, 교보문고, 종로서적, 을지서적, 영풍문고, 청계천 고서점 등등이 적의 주요 공격 목표가 될 거라는 말이다. 아니 글이다.

9

말이든 글이든.

비

천천히 비가 내렸다
천천히 발끝부터 젖어 왔다
천천히 울음이 몸 밖으로 흘러 나갔다

침대 위에 묻어 있는 붉은 피. 나는 모든 증거를 소멸해야만 한다. 범람한 강이 발밑에 진흙을 토해 놓는다. 그리고 불이 머리 위에서 타고 있다. 그녀의 자궁 속에 들어 있는 황금. 오르가슴의 결정체.

시를 쓴다는 것은 존재에의 발악이다. 내출혈, 삶의 벼랑 끝에 내몰린 자들이 최후로 악다구니 쓰는 것이다. 자신의 시를 읽는 독자를 보며 오르가슴을 느끼는 시인들을 살해하라.

나는 그녀의 허벅지 사이로 손가락을 곤추세워 천천히 긁어 간다. 청바지의 푸른 수의를 사이에 두고 전달해 가는 쾌감을 그녀는 애써 모른 척한다. 강이 큰 소리로 울었다.

비가 내리는 걸 본 적이 있다
비의 가는 허리에 몸을 기대고 서서
불의 입맞춤이 사라져 가는 것을

속수무책으로
바라만 본 적이 있다

빗줄기가 대지의 더운 가슴팍에 사선으로 꽂힐 때, 불꽃이 파박, 파바바박, 거리는 것을 대지의 아들인 나는 느낀다. 비의 창끝에 묻어 있는 푸른 독 기운이 곧 퍼질 것이다. 온몸을 쥐어짜며 고통스러운 신음을 내뱉으리라. 대지의 떨리는 근육. 내 핏줄 속에서도 번개 불꽃에 호응하며 일어서는 배반자들이 여럿 있었다. 그렇다, 모든 적은 내부에 있는 것이다. 고로 나는, 나의 적들을 죽이기 위해서는 먼저 나를 죽이지 않으면 안 된다.

방독면을 사며

1

나는 더 이상 이 전쟁을 견디어 내지 못하겠다. 여러분들도 내 말에 동의하실 겁니다. 이 참혹한 범행에 연루되지 않는 가장 명백한 길은, 태어나면서 이미 선고받은 죽음을 스스로의 손으로 앞당기는 것뿐이다.

2

다 털어놓고 말하자면, 이제 이데올로기가 파 놓은 함정이 메워진 줄 알고, 멍든 상처 위에 피스를 붙일 필요가 없다고 확신했었으므로. 주위에 아무도 없다고 생각하고 바지를 내린 뒤 자위를 했다. 절정에 이르기 직전, 창문 밖에서 무엇인가 엿보고 있다는 느낌이 왔다. 얼마나 내가 놀랐는지 아시겠습니까?

3

몸 밖으로 빠져나가려다가 문턱에 걸려 사출되지 못한 정액 속에서, 전 세계의 발전소가 우글거렸다. 웬 놈의 새끼들이야, 이거. 웬 거지발싸개 같은 녀석들이 무엇 때문에 우스꽝스럽게 오리처럼 뒤뚱거리며 헤엄치고 있는 거야, 이거. 그들은 모두 똑같이 한쪽 발을 절름거렸다.

씨발, 하나라도 다른 쪽 발을 절름거리는 녀석이 있어야 짝이라도 맞추지. 어디서 지독한 냄새가 났다.

4

포스트코뮤니즘 시대의 지적소유권 침해 아니면 강간 미수 사건이라고나 해야 할까.

5

그들은 서로 의사소통을 하기 위해서 암호를 써야만 했다. 문밖에서 지난번 지지난번 출제 문제들을 조악한 재생 용지에 프린트한 시험지들이 싸구려로 팔리고 있었고, 정체불명의 해적판 예상 문제지들이 고객들의 시선을 끌고 있었으며, 다시 돌아온 고액 과외 선생들의 훈수를 한 마디라도 들으려고 학부모들은 하루살이 떼처럼 몰려들어 발돋움하였다. 문에 엿을 붙이거나 묵주를 돌리며 주기도문 사도신경 천수경 반야심경을 읊으며 눈 감고 기도하는 축들은 그래도 점잖은 편이었다. 핸드폰이나 워키토키를 이용하여 발전소 내부를 기웃거리며 전쟁을 생중계하는 치들도 있었다. 날이 저물어 가면서 하루살이들도 늙어 갔다. 벌써, 해답을 적은 답안지들이 전 세계의 지성인들에게 사실은 군수물자 회사와, 포르노보다 더 재미있는 상품을 팔기 위해 혈안이 된 자극적 상업방송 회사, 기타 등등 기타 등등에게, 팔려 나가기 시작했다.

6

문제의 핵심을 피해, 죽은 자들의 영혼보다 더 낮은 곳에서 불어오는 바람. 나는 이 자리에서 애써 그것을 묘사하지는 않겠다.

7

그러나 모든 고통이 그러하듯이 그것도 거짓 고통이었다. 돌봐 주는 사람이 없는 내 스스로를 방어하기 위해서는, 거짓으로라도 발전소를 가동시키는 힘이 있어야만 했지만, 어디 내 맘대로 발전소가 가동되는가. 며칠 동안 씻지 않았는지 지독한 냄새가 났다. 어떤 새끼야, 이거. 빨리 자수해서 광명 찾아라.

8

위에서 말한 바와 같은 이유로 나는 방독면을 샀다.

9

발전소는 없다. 나는 방독면을 사지 않았다.

발전소의 위치에 관한 항사 독해 보고서: 부분

다음은, 적의 레이더 탐지기로는 식별할 수 없는 고공비행 정찰기와 인공위성 등을 통해 촬영된 항공사진을, 전문가들이 정밀 독해한 후 작성한 보고서의 일부입니다.

발전소는 물 위에 있지 않습니다
발전소는 불 속에도 있지 않습니다
발전소는 물 혹은 불과 관련 없습니다
발전소는 키스를 통해 느낄 수 없습니다
발전소는 신문이나 TV를 발전하지 않습니다
발전소는 국립공원처럼 입장료를 받지 않습니다
발전소는 화장실 변기를 통해 들어갈 수 없습니다
발전소는 햄버거나 스파게티처럼 먹을 수 없습니다
발전소의 핵은 여성의 음부 속에 있는 핵과 같지 않습니다

발전소의 물은 먹지 못할 수 있습니다
발전소의 불은 타지 않을 수 있습니다
발전소의 문은 열쇠가 없을 수 있습니다
발전소의 태양은 만든 것이 아닐 수 있습니다
발전소의 피부는 전기뱀장어와 다를 수 있습니다
발전소의 시청료는 징수하지 않을 수 있습니다

발전소의 콘돔은 풍선으로 사용 못 할 수 있습니다
발전소의 공기는 우리가 마시는 공기와 다를 수 있습니다
발전소는 홍대 앞에 있는 락카페 이름이 아닐 수 있습니다

발전소는 어디에 있을까요?

기차가 또 지나간다

날이 밝기 전에는 떠나지 마, 어머니는 거의 매달리다시피 말했다. 가끔 술 취한 아버지가 담에 오줌 누다가 앞으로 고꾸라지기도 하였으나, 달처럼 이쁜 미인은 없다고 내 얼굴 쓰다듬어 주던 거친 손에서는 못이 박힌 듯 피가 흘렀다. 기차가

세상 밖에서 들어오는 소리를 맨 먼저 알아채는 것은 목이 긴 해바라기였다. 겨울철에는 쥐들이 긴 꽃 대궁을 타고 올라가 씨앗을 파먹기도 하였으나 시들어도 노란 잎은 아름다웠다. 너무 아름다운 것은 슬픈 것이라고 어머니는 말했지만, 그 고백을 이해할 수 있기에는 난 아직 덜 여문 씨앗일 뿐이었다. 기차가

지나가고 난 뒤 물고기들은 높은음자리표로 강 위로 튀어 올랐고, 어두워지는 나무들의 내부를 향해 새들은 필사적으로 몸을 던졌다. 살아 있다는 것이 무엇인지 설명할 수 없는 날들이 일렬종대로 앞을 지나갔지만, 난 그저 생각난 듯이 목례를 하는 게 고작이었다. 기차가

지나갔다. 나는 등 돌리고 서 있는 아버지를 미워하지

않기로 마음먹었다. 모든 것이 그의 잘못만은 아니라고 누가 가르쳐 준 것은 아니지만, 지평선 위의 둥근 열매들에게 자신의 붉은 피를 나눠 주는 태양을 보며, 어쩌면 나도 저렇게 닮아 갈 수 있을지도 몰라, 의심하는 사이

기차가
또,
길게 누워 있는 내 생을 밟으며

지나갔다. 뼈마디가 분질러지는 소리를 내며 내가 고통받고 있는 것도 모르고 달이 실눈을 뜨고 웃고 있었다. 화물칸의 비린내 나는 생선 궤짝에 실려서라도 나는 떠나고 싶었다. 기차가

지나가고 나면 은빛 쇠의 차가움 위에 납작하게 눌린 꿈을 다시 일으키기도 쉽지 않았지만, 울컥, 피를 토하며 열매는 땅으로 떨어지고, 어머니 어두워지면 나를 떠나겠어요. 기차가

가는 쪽으로 세상이 지나갔다. 언제까지 망설이고 있을

거니, 해바라기의 목이 불안하게 흔들거렸다. 내가 알고 있는 길은 기차가 지나가는 길. 달이 구름 뒤로 숨을 때, 내 삶을 한 바퀴 돌고 다시 처음처럼 일정한 속도로 다가오는. 언제나 마지막인, 기차가

지나간다. 또,

화두 : 발전소

등불 들고 집 밖에서 기다리는 어머니.

그 꿈을 반복해서 꾸었다. 그때는 그 등불 찾아가는 것이 발전소로 가는 것인 줄 알았다. 자궁 속으로 돌아가 웅크리고 잠을 자고 싶었으니까.

발전소 갔다 온 친구들의 경험담을 들어보면, 흔치 않은 경우이긴 하지만, 가뭄으로 저수지가 바닥을 드러냈을 때처럼, 발전소가 발전하지 않기도 한다는 것이다.

왜 남자들은 자궁이 없을까?

어머니의 치마 밑으로 손을 집어넣어 만져 보면, 언제나 발전소는 따뜻했다. 용광로에 닿은 것처럼 손끝이 뜨거울 때도 있었다.

그러나, 내 스스로 발전소가 되고 싶지는 않았다는 것을 고백해야만 하겠다. 힘든 일이지만, 차라리 발전소 안으로 들어가 고압 전류에 감전되는 것이 행복하다고 생각하고 있다, 숯처럼.

발전소에 관한 예상 질문서

1

밖에 누구 왔니?

2

나는 발전소에 가면 환영을 받지 못한다. 예수도 그랬다. 모든 선지자들은 자신의 고향에서 푸대접을 받았다. 그렇다고 내가 그렇다는 것은 아니다. 예를 들면, 그렇다는 것이다.

3

모두 우리가 존재하는 것이 발전소 때문이라고 반복해서 거의 외우듯이 말하고 있기는 하지만, 마음속 깊은 곳까지 동의하고 있는지는 알 수 없다. 발전소의 효용성에 대해 정면으로 거부하거나 발전소의 존재 자체를 부인하지 않는 이유는, 전기의자에 앉고 싶지 않아서일지도 모른다. 설마, 이 전화, 도청되는 건 아니겠지요?

4

발전소가 제공하는 메뉴판을 보면 정말 한심하다는 생각이 든다. 어떤 날은 연탄 쓰레기밖에 없었다. 그 정도면 다행이다. 물이 가득 찬 콘돔만 있는 날도 있었으니까.

5

아이 해브 어 퀘스천. 나는 손을 들고, 평양 선제공격을 주장하는 미 의회 매파 의원에게 예의를 갖추어 물었다.

질문 : 제 생각으로는, 이프(만약), 발전소에 문제가 있다면, 발전하지 않으면 해결되지 않겠습니까?

6

그는, 항상 무엇인가 원하고 있었다. 가령, 베르그송 철학의 핵심 문제인 지속적 시간의 입장에 서서 말하자면, 발전하는 세계의 미래 같은 거 말이다. 그러나 지금 발전소는 적으로 둘러싸여 있다. 벌써 구름의 무게와 빛깔이 변해 가고 있는 것이 기상관측소의 레이더에 포착된 것이다.

7

그는 숨을 헐떡였다. 나는 무척 긴장했는데, 꾸짖는 말은 없었다.

대답 : 벗(그러나), 우리는 끊임없이 발전해야만 하는

것입니다, 심지어 적까지 포함해서 모두.

나는 감탄했다. 오, 비유티풀! 러브리! 아이 씽 소우, 투.

버터 먹고 자란 사람은 역시 뭐가 달라도 다른 것이다. 아무리 내가 혀를 꼬부려 말하려 해도 되지 않는 것을, 그는 너무나 쉽게 얘기했다. 그러나, 거기에는 정말 조심해야 할 무엇인가가 있었다.

8

밖에 누구 왔니?

발전소에서

나는, 뱀장어를 따라 지하 계단을 내려간다. 이렇게 작은 동굴 속에 태양이 숨어 있었다니. 등 뒤에서 문이 닫힌다. 지하 150미터 암반층의 생수로 만들었다는 캔 맥주가 내 피를 덥히기 시작한다.

발전하는 곳은 어둡다. 제 몸이 먼저 어두워야 발전이 되는 것이다. 바닥에 철판이 놓여 있고 천장에는 전선이 길게 늘어져 있다. 철판 위에서는 겉껍질만 달구어진 뱀장어가 튀어 오른다. 그러나 나는 복지부동한다. 전기가 올 때까지 기다려야 한다. 사생아를 만들고 싶지는 않다.

원 샷!

목구멍을 타고 넘어가는 알코올. 알루미늄 깡통을 한 손으로 우그러뜨려 태반 속으로 집어던지던 여자가, 한쪽 눈으로 나를 바라본다. 꼬리를 치자 철판 위에서 불꽃이 튄다. 물방울이 천장 위에서 절름발이로 떨어진다. 나의 내부는 비하인드 섹스로 녹슬어 간다.

꼬리부터 머리 쪽으로 전류를 방전하는 전기뱀장어(학명: Electrophorus electricus). 껍질을 벗겨야 먹을 수 있다는 것쯤은 가르쳐 주지 않아도 알고 있다. 그녀의 몸에 손끝을 대자 파랗게 전기가 올랐다. 나는 충전된 것이다.

결국, 배꼽티를 입고 철판 위에서 춤을 추던 전직 여자 모델과 잤다. 가슴의 지퍼를 잡아당기자 그녀의 내장이 보였다. 광주처럼 어두웠다. 그녀도 나의 지퍼를 끌어내렸지만 나는 열리지 않았다.

태어난 지 38년 4개월이 넘었는데, 아직도 잘려지지 않고 남아 있는 탯줄. 나는 배꼽에 연결된 녹슨 쇠줄을 잡아당기며 안전모도 쓰지 않고 동굴 속을 거슬러 올라간다. 엄마, 어두워요. 불 좀 켜 주세요. 여기는 어디?

위험. 고압선 주의.

그곳을 빠져나오기 위해서는 전자감응 장치 앞에 몸을 노출시켜야만 한다. 녹색 불이 켜지고 유리문이 열리면 나는 바깥으로 나갈 수가 있는 것이다. 그러나 나는 발전하고 싶다. 그녀의 내부에서.

나는 웅크린다. 나는 알이 된다.

「발전소에서」의 부록: 전기뱀장어

잉어목 전기뱀장어과 Electrophoridae에 속하는 민물고기. 몸은 원기둥형이고 비늘이 없으며 등지느러미도 없다. 뱀장어 모양을 하고 있으나 뱀장어목 어류와는 유연(類緣) 관계가 없다. 몸통 부분과 꼬리 부분의 대부분을 차지하는 좌우 한 쌍의 긴 발전기관을 가지고 있으며, 그것은 몸 부피의 절반 이상을 차지하고 중앙부의 주기관(主器官)과 그 밑의 헌터 기관, 섹스 기관의 3가지로 구분된다. 정지해 있을 때는 발전이 활발하지 않지만 움직이면 매초 약 50회 정도의 임펄스가 방출된다. 방전당한 고기는 경련을 일으켜 굳어지며 지느러미를 펴고 움직일 수 없게 된다. (동서세계대백과사전요약발췌)

연어가 발전소로 들어갈 때

몸 밖에 서서 더듬거렸다. 구멍이 보였다.

열쇠를 꽂자, 일본 효고현 남부를 강타한 직하형 지진처럼, 부들부들 떨리기 시작했다. 누군가 나를, 아니 내가 소속된 발전소를, 선동하고 있다, 이렇게 나는 생각했다. 강적이다. 나는 본능적으로 나의 적이 전문가임을 알아차렸다.

모든 스위치는 존재의 내부에 있는 것.

태양이 한쪽 눈에 안대를 하고 공중에 떠 있는 동안에도 장님처럼 손끝을 더듬거리지 않으면 안 된다. 그러나 손끝에 잡히는 것은, 기껏해야 길을 잘못 든 새끼 붕어나 미꾸라지 같은 것들이다. 연어가 잡히는 일은 드물다.

관점을 바꾸어 보자.

내 몸의 먼 실핏줄을 거슬러 올라와, 맑은 피의 강 투명한 자갈 위에 오렌지 빛 알을 낳는 연어들. 그러나 집을 떠난 연어들이 모두 돌아오는 것은 아니다. 나로부터 멀리 떨어져서 세상의 캄캄한 바다를 헤매고 있을 연어들을 생각하면, 컥, 목이 메이는 것이다.

나를 폐허로 만드는 것, 내 안의 어머니.

알을 낳기 위해 발전소로 들어간 연어의 일생을 다큐멘터리로 기록한 비디오 테이프가, 암시장에 나와 있다는 정보를 풍문으로 들은 것도 같다. 환청이었는지도 모른다.

계단 오르기

1

그녀의 음부, 속으로 들어갔을 때 난 얼마나 놀랐던가! 계단이 설치되어 있었다. 조금 더 들어갔더니 오래된 동굴처럼 천장에서 딱딱한 종유석이 자라고 있었고, 성수대교처럼 뚝 끊어진 깊은 낭떠러지가 있는가 하면, 밧줄을 타고 올라가야 될 정도로 높은 절벽도 있었다. 이렇게 험난한 장애물이 그 작은 음부, 속에 숨어 있었을 줄이야.

2

그녀는 보통이 아니었다. 내 평생 그렇게 힘든 상대를 만나 본 적이 없었다. 만약 한 번 더 그녀의 음부, 속으로 들어갈 기회가 온다면 맹세코 난, 먼저 등산 전문점으로 달려가겠다. 그리고 에베레스트나 알프스 원정대가 사용하는 등산 장비, 가령 절벽에 매달려 조난당했을 때 사용하는 생명줄이라든가 지름 50밀리미터의 동아줄, 뾰죽한 쇠못이 박힌 등산화, 산소마스크, 이런 것들을 완벽하게 갖춘 뒤 그녀의 음부, 속으로 들어가겠다는 말이다.

3

계단은 끝이 없었다. 오르고 올라도 정상이 보이지 않는 것이다. 도대체 내가 지금 어느 지점에 와 있는지, 해발 1,982미터의 백두산 높이를 지나 해발 4,810미터의 알프스 정도에 다다랐는지 어림할 수가 없었다. 자신의 현재 위치를 모른다는 것, 그것이 얼마나 불안한 일이라는 건 독자 여러분들이 더 잘 아실 겁니다. 나침반을 갖고 있지 않아서 동서남북 어느 곳으로 향하고 있는지도 몰랐다. 그 동굴은 참으로 이상했다. 보딩 패스를 받고 라운지에서 대기하고 있다가 비행기의 내부로 들어갈 때 통과하게 되는 터널, 천장에 주름이 잡히고 구불구불 몇 군데에서 커브를 틀어야만 하는, 그런 터널 같았다. 지금쯤 도착할 때가 됐는데 생각하고 있으면 또 다른 계단이 나타났다. 레드 제플린의 스테어웨이 투 헤븐. 이제 막,

4

막, 헉헉거리며 42.195Km를 달려 처음 출발한 곳으로 되돌아온 올림픽 경기장의 마라톤 주자처럼 끝이 보인다고 생각한 순간,

5

나는 굴러 떨어졌다. 그러나 추락할 때의 오르가슴이, 정상을 정복했을 때보다 더 지독하다는 것을 어떻게 또 설명할 것인가.

새로운 푸줏간

배가 고플 때는 푸줏간에 가자.
그곳엔 고기가 있다.
죽은 짐승들의 시체, 아니 짐승들을 죽여 만든 시체에서
갓 분리한 영양가 높은 고기들이
우리들의 배 속으로 들어와
또 다른 시체를 만들기 위해 기다리고 있다.

푸줏간의 냉동 유리 벽 안.
새로 등장한 미공개 신상품 고기를 보자.
시퍼런 입술로 떨고 있는,
전인미답의 품질로 최고의 맛을 자랑하는,
푸줏간의 뉴 스페셜 고기
누렇게 변색된 헌책들이 진열되어 있다.

부드러운 살점과 염통이나 허파 같은 내장이 아니라
검은 잉크로 인쇄된 글자들이
'정신'과 '영혼'이라는 양념을 치고
'창조적 상상력'이란 수식어로 버물려서
누군가 빨리 먹어 치우기를
초조하게 기다리고 있는 것이다.

고기의 신선도를 소비자들에게 강조하기 위해
살점에서 금방이라도 피가 뚝,
떨어지는 것처럼 연출하는
붉고 푸르스름한 조명

등짝에 푸른 도장이 찍혀 있는 고기들의 시체가
쇠갈고리에 걸린 채 흔들거렸었다.
그러나 지금 사람들은 더 맛 좋은 고기,
썩은 향기로 손님을 불러 모으는 신상품에 관심을 갖고
있다.
좀벌레가 먹은 책은 고기보다 질기다. 잘 씹히지 않는다.

최고의 인기 상품은 자신의 상처를 드러낸 것
그 고기맛이야말로 비할 바 없다.
사람들은 혹시 자신의 차례 바로 앞에서 다 팔리면 어
떡하나
걱정하며 맛난 고기를 제공한
고기 주인의 신상 명세와 스캔들에 대해 이야기한다.

푸줏간 앞에서

전자계산기를 두드리며 일용할 고기들이 냉동 창고에 쌓이는 것을 보는 푸줏간 주인. 턱밑과 배의 비곗살을 문지르며 회심의 미소를 짓는다. 고기들이 풍부하면 세상은 제대로 돌아가는 것이다.

눈 뜨고 죽은 고기들을 쇠갈고리로 힘차게 찍어 올리며 그는, 검시관이 부검할 때 인간의 살을 찢는 것도 그럴 것이라고 생각한다. 한번 죽으면 끝나는 것이다. 죽은 고기들의 시체를 악착같이 먹으며 오래 살아야 한다.

태양은 피만 있고 살이 없나? 태양의 시체를 찢으며 푸줏간 주인은 울상이다. 피만 나오고 살코기는 보이지 않는다. 재수 옴 붙었다. 이런 더러운 짐승도 있었다니.

그래도 그것이 공중에 걸려 있을 땐 위세 등등했는데, 추락하니까 저잣거리의 시정잡배들보다도 형편없는 것이다. 속을 알려면 벗겨 봐야 한다. 계집애들도 그렇다. 겉보기하고는 다른 것이다.

맛 좋게 생긴 계집년들도 벗겨 놓고 들어가면 민숭민숭

한 것들이 있다. 일단 먹어 봐야 맛을 아는 것이다. 겉은 형편없는데 속살 맛이 기가 막히는 것들도 있다. 고기 맛은 정말 보기하고는 다르다.

푸줏간의 경제 원칙은, 누구나 죽어 살코기를 남긴다는 것. 영혼? 그런 건 개나 물어 가라고 그래.

기계도 오르가슴을 느낀다

입구의 철 문을 통과할 때, 밑에 설치된 환풍구 위로 바람이 올라왔다. 차갑지는 않았다. 통과제의(通過際義), 어느 곳이든 새로운 공간으로 들어가기 위해서는 문을 거쳐야 하니까. 7년 만에 외출한 마릴린 몬로처럼, 나는 하체를 휘어잡았다. 욕망이 흔들리지 않도록.

감수성이 민감한 기계 속으로
나는 조심스럽게 들어간다.

동체에서 분리된 선풍기의 프로펠러와 글자판이 빠진 타이프라이터, 터지지 않는 어뢰 모양의 폭탄, 냉장고의 폐품 모터들이 행려병자 시체처럼 비닐로 덮여 숨어 있다. 버려진 폐기물들 속에서 나는, 발기한다.

거듭 말하지만, 나는 그 속으로 들어가야만 했다. 한 손에 주사기를 들고, 다른 한 손으로는 바지를 움켜쥐고서,

스타트 초크가 낡아 시동이 잘 걸리지 않는 자동차 엔진처럼, 벗은 그녀를 봐도 느낌이 없다. 나는 이제 낡아 버렸다. 때가 되면 부품을 갈아 주어야 한다. 너무 오래

된 것들은 긴장감이 없는 것이다.

다시, 밖으로 나갈 수 있으리라고는 믿지 않는다. 여기가 나의 무덤이다.

고압선을 설치해 놓았는지 확인하려면 철제 의자에 앉아 보는 수밖에 없다. 톱니바퀴는 생산을 위하여 돌아간다. 나는 돌아갔다, 그 속에서. 호적부에 빨간 줄이 그어지고 몇 명 더 새로운 이름이 씌어진다.

자동 유리문

무상으로 그냥 통과하겠다는 것은 아니다.
가진 것 없으면
몸이라도 팔아서 값을 치르겠다.

손끝이 닿는 속도보다 더 빨리
감시 카메라에 불이 켜지고
문은 열린다.

세상은 나에게 기회를 주지 않는다.
손쓸 틈도 없이 모든 것은 자동으로 처리된다.

문이 있으므로, 밖이 있는 것이다.

조금 전까지 유리가 가로막고 있던
빈 공간을 지나, 나는
들어가야 한다.

문 안으로 들어가면 그곳이
다시 밖이 되고 평생을 서 있던 곳은
안이 된다.

락카페 올로올로

——식품위생법 제22조 제1항 동법 시행규칙 제22조의 규정에 의하여 식품(접객) 영업을 허가함 : 서대문구청장

(올로 OLLO는 이태리어로 숲이라는 뜻이다. '올로올로'를 우리식으로 옮기자면 '숲숲' 즉, '양숲'이 된다. 나는 비정치적이다. 캐나다의 프랑스계 퀘벡 주로 이민 간 나의 친구 미셸에 따르면, 19세기 프랑스령 식민지 서인도제도에 살았던 현자 우란디울라가 "비정치적인 인간은 없다"* 라고 말했다는데, 그 말이 옳다면 나는, 없다. 없는 '나'는, 있는 '나'를 향하여, 보이지 않는 손으로 밥을 먹이고 들리지 않는 언어로 명령한다. 있는 '나'는 "아주 빠른 속도로 춤추면 육체는 사라지고 어떤 회오리바람만 남는다"라는 방언을 믿고, 정치적인 지상에서 없어지려고 매주 금요일 밤마다 신촌의 락카페 '올로올로'에 춤추러 간다. 나와 함께 춤을 추었던 미셸은 캐나다에서 편지를 보내왔다. 행갈이가 된 끝연은 이 글에 불만을 가진 내가 추가로 적어 넣은 것이다. 본문 중의 검은 막대기는, 글자들이 팩시밀리를 통해 부호로 바뀌어져 태평양을 건너오는 동안 뭉개진 흔적이다. 지금 그 원문을 확인할 수는 없다. 미셸은 없어졌기 때문이다. 그녀 역시 비정치적이었을까?)

* 아리스토텔레스는 "인간은 정치적 동물이다"라고 말했다. 그러면 우란디울라는 그 말을 표절한 것일까? 그러나 서인도제도의 한 노인이, 희랍어를 읽고 그것을 슬쩍 바꿔치기했으리라고는 생각지 않는다.

그곳은 도시의 자궁, 아프지 않은 사람은 없다. 낙태 수술실에 누워 있는 내 가랑이 사이로 해가 진다. 점령군의 검은 구두■땅거미 덮■지하계단 밑으로 내려가는■시간을 뒤집는 금속의 환풍기. 일용할 양식은 해바라기 씨앗과 강낭콩 한 접시.

■시의 자궁, 시멘트 벽이 거울처럼 나를 에워싸고■는 정치적으로 노출된다. 벽 위를 걸어가는 검은 개. 불임의 춤을 추는 여자들. 끈끈이주걱에 붙잡힌 날벌레처럼 아무것도 없는 허공으로 손을 뻗는■'나'의 그림자?

■궁, 살아온 날들 토해 내게 하는 전자 기타■ 신시사이저. 독한 담배 연기와 순도 4% 캔 맥주에 뜨거워진 대음순 ■순 밀어젖히고 은밀하게 숨어 있는 클리토■ 문지르면, 타타타타타 돌아가는 지붕 위의 프로펠러.

두 무릎 사이 고개를 꺾고
나는 울었다. 눈물은 나오지 않았다.
…………………… 어머니
속, 으로 다시

들어가고 싶어요.

눈에서 황금 씨앗이 떨어졌다.

긴 머리카락을 갖고 싶어

난, 열아홉
난, 학교에서 다음엔 집에서 쫓겨났지
내가 잠드는 곳은 싸구려 쪽방이나
남자 친구 하숙방
돈도 남자 친구도 없을 땐
공원 벤치나 기차역 대합실을 어슬렁거리지

아일랜드 출신 대머리 여가수
교황보고 엿 먹으라고 한 세너드 오코너
난, 압구정 거리에선 그냥 오코너라고 불리지
난, 머리카락이 하나도 없어
독일군 게슈타포 같은 아버지
바지 주머니에서 꺼낸 자동차 키로 시동을 걸고
새벽에 탈출하다 빡빡 머리를 밀려 버렸거든

새탈*하는 맛은, 해탈보다
섹스보다도 한 차원 위야

담배 연기로 만든 도너츠
올림픽 마크처럼 끼울 줄도 알고

비닐봉지에 뽄드 방울 떨어뜨려 깊숙이 들이마시거나
러미날 스무 알로 홍콩 가는 법도 알지만
싸움 붙어 수틀리면 술병을 머리에 쳐 두 동강 내지
돈 떨어지면 골목에서 젖비린내 나는 애들을 가로막아
그걸로 일주일은 버틸 수 있어
잔돈만 나오면 두세 번 더 털어야 하지만

섹스?
그것은 거짓말이나 비디오 테이프가 아니야

난 즐겨
내가 아직 살아 있다는 것을 알려 주는
그것은 유일한 오르가슴
난 남자 애들을 먹고 싶어 그리고

긴 머리카락을 갖고 싶어

* '새벽 탈출'의 준말. 부모가 잠든 밤 2, 3시경 집을 몰래 빠져나와 이태원이나 홍대 앞 클럽에서 춤을 춘 뒤, 새벽 5, 6시경 몰래 집에 들어가는 것.

오픈카를 타고

오픈카를 타고
토요일 밤의 홍대 앞
피카소 거리에 나가고 싶어
와우,
똥꼬치마 입은 계집애들
레게 바에 데리고 가
보드카나 데낄라로 몸을 덥히면
이미 반은 침대에 쓰러뜨린 거나 같지
이야후,
2인승 오픈카에 태우고
시속 200킬로미터로 달리는 강변도로
슬쩍 허벅지 근처를 만져 주면
흐흠 흠,
우리 어디 쉬었다 가자, 응?
계집애들은 고양이 울음소리를 내며
먼저 손을 잡아끌지
오픈카를 타면 여자 애들이 왜 치마 들썩이며
부풀어 오르는지 난 알지
바람 때문이야
난 그렇게 생각해

바람이 머리카락을 풀어헤치고,
몸에 본드처럼 달라붙은
엄마의 요조숙녀 현모양처 순결교육
감옥 같은 학교
자동 응답기 녹음테이프 같은 국민윤리 선생의 설교
됐어 됐어 됐어 이제 그만 됐어 됐어*
날려 버리고,
공중을 날아가는 물고기의 비늘처럼
세포들을 찬란하게 해방시키지
오픈카를 타고 싶어
여자 애들의 치마를 뒤집는
붉은 립스틱 같은 오픈카를 타고
난, 바람이 되고 싶어

* 서태지와 아이들의 「교실이데아」에서.

락카페 올로올로

올로올로

시궁창 속으로 들어가는 쥐처럼
셔터 문을 열고 지하 계단을 내려간다
바닥에 남아 있는 맥주 거품
시멘트 벽에는 발정한 개들이 기어가는 목탄 그림
비어 있는 알루미늄 캔 맥주가
누군가의 손 안에서 우그러진 채
위태로운 사랑처럼 한 줄로 쌓여 있다

올로올로

사타구니에 손을 넣고 몸을 비틀거나
여자의 등 뒤에 바짝 붙어 몸을 흔드는 것은
한물 간 유행
머리를 시멘트 바닥에 쿵쿵 찧거나
바닥을 뒹굴며 춤추는 것
그것이 캡

올로올로

열일곱에 첫 섹스를 했다는 여자대학 휴학생
이상봉 문하생이 되고 싶다는
견습 패션 디자이너
그 사이에서 삼류 시인은 비틀거리며 춤을 춘다
콘돔을 파는 약국은 휴업 중
여관은 시간 손님으로 만원사례
인생은 더러워 가끔 샤워나 해야지

올로올로

—너, 봤어?
　그년 엉덩이 흔들 때
　세계가 흔들렸지

블루스 하우스

나, 핑글
나, 전자 팽이처럼 돌아
나, 발바닥 끝으로 춤을 추네

발은 맨발 머리엔 검은 모자
섹스 피스톨즈의 펑크 음악에 맞춰 춤추는 동안
세계는 마룻바닥 위에서 거꾸로 돌아
입구와 출구를 뒤섞어 버리지

나, 핑글
나, 소용돌이처럼 돌아
나, 그대의 등 뒤로 몸을 감추네

호흡 멈추고 살갗으로 숨 쉬어 봐
저녁에 돌아다니는 야행성 개들은 위험하니까
천국으로 가는 셔터 문은 내려져 있지
형광 시계의 바늘은 12시를 넘은 지 이미 오래
아무도 집에 돌아갈 생각을 않네

나, 핑글

나, 눈먼 가수의 노래처럼
나, 바람 속으로 흩어지네

길은 먼지와 바람의 것
사이키델릭 불빛에 반사되는 시디의 금속성이
눈을 찌르네 나는 눈이 머네
아아 나는 눈멀었네 그대 보면서
춤추는 내 머리에 맥주를 붓고
입을 맞추던 블루스 하우스

나, 핑글
나, 지구를 일곱 바퀴 반 돌아
나, 그대 허리 껴안네

그러나 손에 잡히는 것은 가벼운 공기
그러나 입에 남는 것은 차가운 촉감

레게 바 헤븐에 가면

토요일 밤
레게바 헤븐에 가면
바늘구멍으로 낙타가 들어가지 않더라도
천국에 갈 수 있지.
버드를 마시며 새처럼 춤추지 않아도
누구나 천국에 갈 수 있지.
팔에 뱀의 문신이 새겨진 불법체류 필리핀인들도
연대 한국어학당의 러시아인 수강생들도
재외국민교류원에 재학 중인
브라질 파인애플 농장 이민 2세도
순 토종 한국인인 나도
자메이카 레게 리듬
밥 말리나 지미 클리프의 리듬에 몸 흔들면
그대로 천국에 갈 수 있지.
원 샷!
거품처럼 남아 있는 생(生)을
단숨에 마셔 봐.
크 크윽
눈물 주룩주룩 흘리며 춤을 추는
뒤로 묶은 꽁지 머리 저 친구

내일 비행기를 타야 돼.
전쟁이 터져도
미 대사관에서 연락한 긴급 피난지로 집결하면
무사히 비행기를 타고 미국으로 도피할 자격 있는
미국 국적의 한국인 2세.
20년 만에 돌아와
한국 속담을 하나씩 알 때마다 얼굴이 환해지지.
그러나 끝내 이 땅에서 버티지 못하고
떠나는 친구를 위해
비상 예비군 훈련 통지서를 받고 붙잡혀 있는 나를 위해
버드를 마시며 새처럼 춤을 추지.
천국으로 직행하기 위하여
토요일 밤이면
레게 바 헤븐의 문을 밀고 들어가
눈물 흘리며 춤을 추지.

늙은 오렌지

난 서른아홉
오렌지 중에서도 늙은 오렌지
내 스승들은 나를 버린 지 이미 오래
내 친구들도 나를 버린 지 이미 오래
스포츠카를 타고
토요일 밤마다 홍대 앞으로 가
레게 바에서 보드카 마시며
스무 살쯤 아래의 십 대들과 노는
난 늙은 오렌지
머리는 꽁지 머리 손목에는 금속 팔찌
손가락엔 헤비메탈 그룹 멤버처럼
도끼 반지나 해골 반지를 끼고
가죽 장갑 가죽 재킷을 걸친 뒤 거리에 나가면
호기심 많은 여자 애들이 데이트를 신청하기도 하지만
갈수록 나의 주가는 떨어져 가지
난 알아
이 거리에서 은퇴할 시기가 다가왔다는 것을
떠나가야지 유행가 가사처럼
마카로니 웨스턴 영화의 장고처럼
어디로 갈까

오렌지도 토마토도 호박도 아닌
난 서른아홉
쉰 오렌지
어디에서 보드카 한잔할 수 있을까
눈 내린 거리에 연탄 쓰레기처럼 버려진
아무도 거들떠보지 않는 폐품 덩어리
무스나 헤어 젤로 삐까번쩍 광을 내도
늘어나는 흰머리 감출 수 없고
영양크림 머드 팩 알로에로 도배를 해도
삭아 가는 얼굴 숨길 수 없지
난 쉰 오렌지
이젠 내가 날 먹으며 즐길 수밖에
최후에는 내가 날 놀이 삼아 즐기며
천천히 껍질 벗겨 먹을 수밖에
삶이 끝날 때까지

동굴

왜 그래?

문 잠그는 걸 잊었어요

누가 보면 어때

그래도 아직 대낮인데

괜찮아

이리 와 봐

아직 끝나지 않았는데

비린내가 나도 좋아

발목에 금이 갔는데……………………

내가 필요한 것은 단 한 군데뿐이야

못 당하겠어요, 당신을

내가 싫으면

쓸 만한 거 하나 낚지 그래

피 눈물도 없는 놈

휴가나 떠나는 게 어때

혼자서는 싫어요

난 나의 앞날을 너무나 많이 알고 있지

난 눈 뜬 장님과 같아요

내가 아는 가장 쓸 만한 계집은

하루도 거르지 않고 수영장에 가서

허벅지 사이

습기 찬 동굴을 단련시키지

난 그런 짓 안 해

빨리 돌려

거의 끝났어요

색스 바이올린*

울지 마
네가 우니까 자꾸 마음이 약해져
안아 줘요
해안 도로를 시속 이백 킬로미터로 달렸지
어젯밤?
그래.
그 녀석 풋내기더만
그 가죽 잠바 입은 녀석 말이야
죽였어요?
아니
조금 손봐줬지
내 손에서는 지금도 피 냄새가 나
빨리 손 씻어야 할 텐데
제발, 그래요!
알았어
옷이나 벗어
또?
싫으면 관둬
아, 아니

* SAX VIOLINE. 색소폰과 바이올린을 줄여서 부르는 말.

뭐야, 말해 봐

아직

아직도?

에이, 씨팔

나 오늘 밤 안 들어올 거야

가지 마

놔, 어?

이년이 어딜 잡어?

못 가

구름 위로 날 올려 줘

좋게 말할 때 놔!

정말 못 놔?

액셀러레이터를밟고날아오르듯이해안도로를달렸지만파도위에서흰날개를펴고쫓아오는새떼들그투명

한물방울속에묻어있는피

좋아, 죽여 주지

수천개의촛불을켜고땅밑으로내려가면다시해를만날수있을까내검은피속을굴러다니는거미들의배고파우는소리금속

의이빨

음

봄눈

나　　철없던 때
눈에서
눈물 자국 사라지지 않고
가슴에서
멍든 자국 지워지지 않아
얼마나 많은 날들을 네놈 생각에
허비했는지
지긋지긋해
또, 네 썩은 무릎 아래 갖다 바친
내 싱싱한 젊음들은
어떻게 해
어디서 찾아
돌려줘!
빨리
토해 내!
어서.

계약 연애

계약이 끝날 때까지
그는,
그녀를 사랑해야 한다.
그녀도,
그를 사랑해야 한다. *
계약이 종료되지 않는 한
그가 원할 때마다
데이트를 해야 하고
그녀가 원할 때마다
섹스를 해야 한다.

나는 누구와 종신 계약을 맺고
살아 있는 것일까,
내 삶이 끝날 때야 비로소
계약이 종료되는 이 계약서는
나 모르게 누구와 누가
비밀리에 합의하여 작성한 것일까,
비싼 수수료를 물더라도
계약을 파기하고 싶다.
나의 의지대로 새로운 계약을

체결하고 싶다.
그것은 나의 희망 사항
상대가 원할 때까지
난 살아 있어야 한다.

* PC통신 하이텔의 패션 디자인 동호회(약칭 '패디동') 자유 게시판 2409번 1994년 5월 24일자에 게시된 ID CHERNY(이지영)의 글「계약 연애」일부를 변형한 것임.

번개의 추억

번개는, 하늘과 땅이 간통하고 있다는 구체적 증거물이다. 규칙을 벗어나는 것은 곧 새로운 규칙이 된다. 번개가 칠 때마다 지금 여기 없는 여자를 나는, 생각한다. 나로부터 풀려난 많은 새들이 멀리 가지 못하고 머리 위를 돌고 있다.

공기 속으로 방전되며 사라지는 불꽃들을 기억해야 한다. 외부로 노출되는 순간, 내 몸에서 타오르던 그 수많은 새들의 외침을 기억해 두어야만 하는 것이다. 우리들의 생이 끝날 때까지 그런 날들은 다시는 찾아오지 않기 때문이다.

그녀와 같이 자기 위해서 하이트 몇 병과 레게 음악에 맞춰 춤출 필요는 없었다. 그녀는 멋지다는 뜻으로 엄지 손가락을 올리며 나에게 말했다. "쿨." 나도 엄지를 들어 그녀에게 부딪쳤다. 전기가 왔다.

찌릿찌리리릿.

죽은 새의 날개를 흙 속에 묻던 어린 날을 지나, 물 묻은 맨발로 지하 계단을 내려가는 지금, 나는 위기를 느낀다. 이곳에서 벗어나도 다시 또 다른 이곳이 나를 가둘 뿐이다. 삶은 단 한순간의 불꽃으로 집약되느니,

번개가 내 몸을 훑고 땅속으로 사라진다.

나로부터 해방된 나, 아무 말도 하지 않고 열려 있는 그녀의 자궁 속으로 손을 집어넣는다. 검게 타 있다.

푸줏간에 가기 위하여

네 발을 공중에 들고
머리는 질질 땅에 끌린 채 매달려 있는
벌거벗은 고기들의 등에 푸른 도장이 찍힌다.
한 번 찍히면 그걸로 끝이다.
피 묻은 작업복을 입은 푸줏간 주인은 당당하다.
고기를 사기 위해서는 누구나
푸줏간에 와야 하는 것이다.
밀도살은 법령으로 금지되어 있다.
법을 어긴 자를 위하여 감옥은 있는 것이다.
금고는 바람을 넣은 풍선처럼 부풀어져 간다.
저녁 식탁에 장미꽃을 꽂아 두고
구운 고기에 붉은 와인 한 잔 곁들이기 위해
푸줏간 앞에 긴 줄을 서 있는 사람들
앞으로 나란히 하는 국민학교 저학년 아이처럼
딱딱하게 세워져 있는 고기들은
둥근 전기톱 날에 의해
형체도 없이 해체된 뒤 수많은 가정으로 분배된다.

푸줏간을 위하여

병들어 죽은 고기는 땅속에 묻어야 한다.
삽으로 언 땅을 파낸 뒤,
살아 있다 죽었으면
철제 금고를 기분 좋게 채워 주고
사람들의 내장 속으로 들어갔을 고기들을 묻으며
푸줏간 주인은 안타까워한다.
고기들이 푸줏간에 걸려 샌드백처럼 흔들거릴 때
섀도복싱 연습하는 권투 선수처럼
주먹으로 그것들의 등짝을 툭툭 치며
그는 오르가슴을 느꼈다.
살아 있는 짐승을 볼 때마다
저것들의 껍질을 벗기고 내장을 긁어내면
어떤 모양으로 푸줏간에 걸리게 될까
생각하며 혼자 웃음 짓는 그는
지금 비극적이다.
먹을 수 없는 고기를 땅속에 묻는 것만큼
비극은 없는 것이다.
모든 살아 있는 것들은 죽어 고기가 된다.
우리는 누구나 푸줏간에 가지 않으면 안 된다.

붉은 입술

공중에 떠 있는 붉은 입술

리피트 스위치를 누른 것처럼, 내 입을 열고 쉴 새 없이 지껄이게 하는 힘은 무엇인가. 누군가 내 몸 안에 들어와 있다. 내시경 검사를 할 필요도 없다. 내가 입을 열고 있을 때만 사람들은 나를 바라본다. 그것은 슬픈 일이다.

나는 떠오른다. 내 몸은 보이지 않고
붉은 입술만 공중에 떠 있다.

나는 나의 침묵과 함께 있었다. 내가 신화 속에 있을 때의 일이다. 지금 나는 나의 입술과 함께 있다. 나의 존재를 증명하기 위해서는 백과사전 속의 언어를 모두 풀어 지껄여야 한다. 그러나 곧 모든 언어가 사라지리라.

저것 봐, 태양이 말 하려나 봐
아이들은 손가락으로 나를 가리키며 발을 멈춘다. 시계바늘은 밤으로 움직이고 있다. 검은 구름이 서쪽 하늘을 점령하기 시작하고 나는 추위를 느낀다. 어쩌면 다시 볼 수 없는 어둠이 올지도 모른다.

오프더레코드: 발전소

1

극비사항을 오프더레코드로 공개하겠다. 상부로부터, 발전소를 파괴하라는 지시를 받았다. 구체적인 것은 이 자리에서 밝힐 수 없지만, 사회불안 조성의 근거지가 된다는 혐의 이외에도 몇 가지 불분명한 의문 사항에 대해 관계 기관의 내사를 받고 있는 것으로 알고 있다. 아, 그만. 더 이상은 말할 수 없다. 내 입장을 이해해 달라.

2

발전소에 관한 투서가 청와대를 비롯해서 감사원, 검찰청, 국세청, 등등에 접수된 것으로 비공식 확인됐다. 투서에 의하면, 기존 체제에 불만을 품은 불순분자들이 발전소에 모여 범행을 모의하고 있으며 이것은 우리 사회에 명백하고도 심각한 위협을 줄 것으로 우려된다는 것이다. 확인할 수 없지만, 그들이 발전소 내부에서 본드를 흡입하거나 집단 섹스를 했는지도 모른다는 주장이 있었다. 실체를 파악하기 위하여 그들과 비슷한 모습으로 변장한 수사관들이 발전소 내부로 잠입했다는 첩보도 입수되었다.

3

문틈으로 새어 나온 미확인 유언비어에 의하면, 발전소 내부에서 심각한 의견 대립이 있었고, 서로 욕설을 퍼붓기 시작했으며, 이제는 각자 자기 자신만이 유일한 발전소라고 믿고 있다는 것이다.

4

미안하다. 그러나 사랑한다는 뜻이 무엇인지, 지금 내가 무슨 말을 하고 있는지, 내가 왜 여기에 격리되어야 하는지, 나는 모르겠다.

5

35년 후, 당시 내부 붕괴로 해체된 발전소 사태의 중심인물이 감옥의 독방에서 TV 인터뷰에 응했다. 그는 아직도 25년을 더 복역해야만 했다. 한때, 그를 인도주의적 관점에서 가석방시키자는 운동이 일어나기도 했지만 최종 결재권자에 의해 거부되었다. 그 TV 특집은 전국에 방송되었으며, 매주 발행되는 TV 매거진의 조사에 의하면 최고의 시청률을 기록한 것으로 집계되었다. 그 특집은 연말 방송대상에서 다큐멘터리 부문 대상을 수상했고, PD는

'올해의 프로듀서상'을 수상했으며 일 년 동안 해외 방송사 연수 특전을 부여받았고, 프로그램은 다시 비디오로 제작되어 상당한 판매를 올린 것으로 알려졌다.

6

「2030년 오늘의 시점에서 바라본 35년 전의 발전소 : 그들은 누구인가」라는 제목의 TV 특집극에는, 수감된 발전소 지도자의 옥중 인터뷰 이외에도, 미국 대학에서 박사학위를 취득하고 그곳에서 강의를 하다가 귀국한, 그러나 여전히 이중국적으로 미국 시민권을 소지하고 있는 국립대학교의 권위 있는 교수이며 저명한 사회학자와, 전국 종합병원 중에서 최고의 베드 숫자를 자랑하는, 한번 진료받기 위해서는 6개월 전부터 예약을 해야 하는 국립 대학병원의 정신병리학 의사, 그리고 당시 사건을 맡았던 검사(그는 그 후 서울지검장과 고검장을 거쳐 검찰청장을 역임했으며 여당의 공천을 받고 국회의원이 되어 3선 의원의 영예를 누렸으나, 정권이 바뀐 뒤 부정 축재와 권력 남용 혐의로 감옥에 수감되었다)와, 발전소 이웃에 살았던 주민 등이 보조 증언을 했다.

7

환갑을 넘긴, 머리가 희끗한 당시 발전소의 지도자는 위와 같이(5번 참조) 말했다. 강력한 카리스마로 젊은이들의 우상으로 군림했던 35년 전의 그의 모습은 찾을 수가 없었다. TV를 시청하던 당시의 추종자들, 전향서에 다섯 손가락의 지장을 찍고 사회에 복귀한 뒤 지금은 또 다른 지배 세력이 된 옛날의 동지들과, 무덤 속에 있는 당시의 지배 세력은 안도했다.

8

발전소는 파괴되었지만, 곧 복구되었다. 사흘 뒤에 다시 문을 열었고, 예전보다 더 많은 인파로 붐볐다고 역사는 기록하고 있다. 지금, 그때의 발전소가 어디에 있는지 정확한 위치를 찾기 위하여 국립박물관의 고고 유물 발굴 조사단이 기초 조사를 하고 있다고 전해진다. 아닐지도 모른다.

소비자의 입장에서 본 발전소

1

도대체 발전소가 뭐야?

이렇게 물으신다면, 콘돔 파는 곳이라고 말하겠어요.

2

정말이다. 내가 알고 있는 어느 발전소에서는 콘돔을 팔고 있었다. 분명히 입구에는 '발전소'라고 씌어 있었지만. 원하신다면 증거를 제출하겠다. 콘택스 T2 카메라 F2.8 38밀리 렌즈로 5.6 1/500초의 노출로 찍은 칼라 사진을 가지고 있으니까.

3

그때 나는 배낭여행 중이었는데, 절실하게 콘돔이 필요했다. 배가 고플 때였다. 나는 콘돔을 사야겠다고 마음먹었다. 나는 그, 아니 그녀, 속으로 들어갔다.

4

안은 어두웠다. 무슨 발전소가 이렇게 어두워? 구두가 낡은 고압전선에 걸리지 않도록 조심하면서 투덜거렸다. 처음, 천장에서부터 길게 늘어진 불투명한 푸대 자루가 눈에 띄었다. 그것들은 꼭, 제2차 러시아혁명 때 공개 처형당한 부르주아지들의 시체처럼 매달려 있었다. 다음,

5

네 차례야, 임마.

6

천장의 쇠갈고리에 걸린 끝 부분은 뾰죽하고 바닥 쪽으로 향한 밑 부분은 뭉툭하게 처져 있었다. 내부에 무엇인가 들어 있는 눈치였다. 가까이 다가갔다. 그것은,

7

콘돔. 죽은 정액들로 가득 채워진 거대한 콘돔이었다. 불쌍한 최후였다. 난자와 만나지 못하고 냄새 퀴퀴한 쓰레기통에 버려지는 것보다는 나을지 모른다. 어렸을 때, 개울물에 떠 내려온 풍선을 불다가 엄마에게 혼난 적도 있다. 그것이 콘돔이었을 줄이야. 사춘기가 다 지나갈 무렵, 발전소에 들어가서 깨달았던 사실 중의 하나다.

8

나는 줄을 서서 콘돔을 샀다.

9

문제는, 그것을 한 번도 사용해 보지 못했다는 것이다. 먼저 내가 딱딱해져야만 사용할 수 있기 때문이다. 나는 배 속에서 썩은 물이 출렁거리는 것 같았다. 영수증을 들고 가면 환불해 줄까? 그러나 사유를 뚜렷이 설명할 자신이 없다. 어쨌든 소비자인 나의 과실이기 때문이다. 반신반의하며 나는, 터벅터벅 다시 발전소로 들어갔다.

밤꽃의 형이상학

밤꽃 향기를 맡으며 밤길을 걷고 있었다. 탱자나무 울타리의 그림자들이 나를 숨겨 주었다. 아팠지만 그 정도는 참을 수 있었다.

웅덩이에 고여 있는 물이 수은으로 빛났다. 자정을 넘어가는 괘종시계의 탁음이 등 뒤까지 따라왔다. 울음을, 이빨 사이로 꾹 눌러 버렸다.

다소 쓸쓸한 바람이 방관자처럼 지나갔다. 주머니에서 호두를 꺼내 그것을 빨았다. 그러자 갑자기 그녀의 입술이 생각났다.

그날, 우물터에서 호두를 부딪치지 말아야 했다. 따다딱. 호두 알을 바지 속에서 힘을 주고 움직이자 그녀는 벌떡 일어났다. 빨래의 흰옷 사이로 붉은 치마가 있는 것을 보면 내일 읍내로 나가는 게 확실했다.

별을 보기 위해 맑게 씻은 눈을, 뒤돌아서 가는 그녀를 보는 데 사용했다. 빛나면서 떨리지 않는 시간 속으로 돌아오는 불 끈 기차가 있었다.

나는 이 모든 것을 밤에 핀 밤꽃의 향기를 통해서 보았다. 그 다음엔 언제나 나를 유혹하지만, 바닥에 고여 있는 진흙까지 발목 닿는 것을 허락하지는 않는 웅덩이를 통해, 그 웅덩이에 반사되는 은의 달빛을 통해, 이 모든 것을 본 것이다.

기차를 타기 위하여

해를 버렸다. 너 같으면 그럴 수 있겠니? 아직 식지 않은 돌이 몇 개 남아 있었는데도. 어디로 가는지 모르는 기차를 타기 위하여 남은 날들을 버릴 수 있겠니? 아무 쓸모 없을지도 몰라. 그것보다는 몸이 무거워서였을 거야. 어디에도 정착하지 못하는 그런 부류의 사람들처럼 바지 주머니 속에 금을 넣고 기차를 탔다면.

만약 뭐뭐 했다면, 이렇게 시작하는 가정법과 등 돌린 지 오래됐으므로. 앞으로는 뒤돌아보지 않기로 마음먹는다. 겉보기에도 불안한 구름처럼 내 삶에서 추방당한 그것들은, 또, 어떤 몸을 찾아 기생하고 있을까. 아직 그 윤곽이 자세히 드러나지는 않고 있지만, 기차가 오기 전에,

헌책 장수들은 일어서서 좌판을 거두어 가고. 인물화를 그려 주던 나무 밑 앉은뱅이 의자의 떠돌이 화가들도, 가능한 한 빨리 붓을 가방 속에 집어넣는다. 두려움이 빈 곳을 꽉 메우고 있다. 밖에 나가지 마라. 어머니 말씀을 어기고, 개를 데리고 산책 나온 국민학생 여자 아이의 노란 웃옷에는

선명하게 이름표가 붙어 있었다. 이름 없는 것들만 기차를 타고 지평선 밖으로 사라지는 시간. 죽음과 유사한 그 무엇이 공기 중을 떠돌고 있었으니. 살아 있는 동안 난, 한 번도 죽은 것들을 본 적이 없다. 입술을 깨물며 울음을 참고 있는 여자들. 그러나 떠나야 한다. 대기하고 있던

기차가 목적지에 닿기 위해서는. 땅속을 달려가야만 한다. 얼마나 오랫동안 어둠이 지속될 지 아는 사람은 아무도 없다. 어둡고 둥글고 축축한 관 속을 지나갈 때의 안락함. 땅 밑으로 내려가면 왜 그렇게 편안한 것일까. 밖에서는

추위가 돌들의 이마를 차갑게 만들어 간다. 차가움은, 기차가 멈추기 전에 인적이 드물어진 거리를 점령할 것이다. 모두들 입 다물고, 석양빛을 반사하는 것처럼 충혈된 눈으로 지켜본다. 지금은 폐쇄된 간이 역사에서. 나를 설득하기 위해 주위를 맴돌며 기회를 노리는 추억을, 뿌리치고

기차를 타기 위하여. 나는,

길 위에서 만난 발전소

1

세월이 흐른 뒤, 나는 길을 가다가 발전소를 만났다. 아마 월말에 내는 각종 공과금 영수증을 들고 은행에 가던 길이 아니었나 싶다. 발전소는 건강해 보였다. 혈색도 좋았고 기분도 좋아 보였다. 나를 먼저 발견한 것은 그였다. 나도 참, 실수했다. 그녀였다.

2

어떻게 지내? 뭐 그저 그렇지. 그 만년필 아직도 가지고 있니? 무슨 만년필? 나는, 딴 생각하다 옆구리를 얻어맞은 복서처럼 움찔 놀랐다. 만년필을 쓰지 않은 지 십 년이 넘은 것이다. 발전소가 이해할 수 없다는 표정을 지었다. 아, 왜 그 있잖아. 네 생일날 그때 너와 만나던 여자 애가 선물했다던. 그제서야 생각이 났다. 녹색과 청색 살구색의 호박으로 치장된 고급 만년필이었다. 향수병 같은 예쁜 병 모양의 잉크병도 같이 선물받았는데 그 잉크를 넣으면 글씨에서도 샤넬 넘버 파이브 같은 향기가 났었다. 그러나 그때 나에게 선물을 한 여자 애가 누구였는지는 기억이 잘 나지 않았다. 그리고 발전소도 나에게 만년필의 현재를 물어본 것이지 그 여자애의 현재를 물어본 것은 아니다. 내가 거기까지 생각할 필요는 없었다.

3

나 : 차나 한잔 할까?

발전소 : 그랬으면 좋겠는데, 내가 지금 급히 가는 길이거든. 어머니가 아프셔서.

나 : 서운한데. 오랜만이잖아. 팔 년쯤 되지 아마?

발전소 : 칠 년 구 개월 이틀.

나 : 여전하군. 그래, 네 말이 맞을 거야. 넌 언제나 정확했으니까.

발전소 : 만년필 아직도 가지고 있지?

나 : 잃어버렸어. 이사를 자주 다녔거든.

발전소 : 그거 안됐다. 너, 아주 좋아했잖아. 그 만년필.

나 : 그랬나? 내가?

4

그런데 그 다음 날은 하루에 열일곱 번이나 발전소를 만났다. 처음에는 어제처럼 반갑게 인사를 하다가 나중에는 서로가 지겨워졌다. 도대체 왜 이렇게 자주 보는 거지? 나도 몰라. 하여간 지겹다. 마찬가지야. 우린, 서로 잘 가라는 인사도 없이 헤어졌다. 발전소가 했던 마지막 말이 아마, 내일은 안 만나겠지?였던가. 아닌가.

5

그렇다. 그녀, 나에게 만년필을 준 여자가 이제 생각이 났다. 얼굴은 생각나는데, 더 솔직히 얘기하자면 잠자리에서의 표정은 생각나는데 이름이 생각나지 않았다. 그래도 괜찮다. 문제는 만년필이다. 이름이 아닌 것이다.

6

그녀, 여기에서의 그녀는 발전소가 아니라 만년필을 준 만년필을 말하는 것이다, 그녀는 다리 하나는 기가 막히게 만년필처럼 예뻤다. 같이 거리를 걸으면 지나가는 사내 녀석들이 눈을 힐끔거리는게 보일 정도였으니까. 옆에 내가 걸어가는데도 말이다. 하여튼 사내들의 더러운 욕망은 못 말린다. 알아주어야 하는 것이다.

7

언젠가 그 만년필이 나에게 해 준 얘긴데, 자기 남자친구 중의 한 사람이 발전소와 사귀었다는 것이다. 그 친구의 말에 의하면, 발전소의 속살이 기가 막히게 부드럽고 게다가 그 속, 왜 그거 말이다, 거기에서 꽉꽉 조여주는 맛이 최고라는 것이다. 소위, 그것을 '금테 둘렀다'고 표현한다는 사실도 그때 알았다.

8

그래?

9

다음에 발전소를 만나면 꼭 확인해 보고 싶은 것이 바로 금테에 관한 진위 여부였다. 정말 그것은 금으로 만들었나? 순금이 아니라, 24K나 18K, 14K도 금이라고 부르니까 정확한 것을 알고 싶었다. 순금이라면 두께는 얼마며 지름은 또…… 그런데, 지난번 만났을 때 그것을 깜박 잊은 것이다. 뭔가 목구멍에 막힌 것처럼 답답했는데 다음 날에야 그것을 알았다. 그 뒤 수소문해 봤지만 어디에서도 발전소를 찾을 수가 없었다.

한쪽 눈에 안대를 하고 바라본 발전소

1

몇 가지 예를 들자면,

발전소에 있지 않을 때 나는 투명한 태양에 매달리지 않았으며, 그렇게 많은 섹스를 하지도 않았다.

나의 생식기능은, 무슨 연유에선지는 모르겠지만 발전소 밖에서는 움직이지 않는 것이다. 어디선가 본 적이 있는 여인들이 치마를 올리고 있는 것을 끝까지 외면해야 했으니.

2

내가 직위를 부여받고 발전소 내부로 들어갈 때만 해도 될 수 있는 한 빨리 그곳을 떠나야겠다는 충동에 사로잡혀 있었고, 그곳에 있는 모든 것들에게 쉽게 정을 붙이기가 어려웠었다. 그러나 오래 지나지 않아서 나는, 그곳이 나의 자궁이라는 것을 깨달았다.

이 사실에는, 발전소로부터 그 어떤 암시도 받지 않았다는 것을 밝혀 두겠다.

3

발전소에서 무슨 일이 일어났는가?

4

우선, 나는 시각을 잃어버렸다, 발전소에 다녀온 뒤. 스치는 피부의 감촉만으로도 나는 오르가슴을 느낄 듯했으며, 정확하게 표현하자면, 보이지 않는 것까지도 보이기 시작했다. 그러므로, 한쪽 눈에 안대를 한 태양을 산 채로 매장했다 해도 놀라지 않을 것이다. 다음, 생략.

5

지금, 발전소를 추억한다. 소가 되새김질하듯이 그것만이 내 삶을 지탱시켜 주는 유일한 힘의 원동력이므로.

6

내 삶의 한때, 난 발전소에 있었다. 딴 곳보다 더 나쁘지도 않고 좋지도 않은 장소인 발전소에서.

검은 기차

기차가 지나간 뒤 검은
바퀴만 남아 있다 검은 침목 위로 이슬이
내린다 젖은 옷을 말리며, 떨면서
쭈그리고 있는 내가
보인다

기 차 가 지 나 갔 어 기
차 가 검 은 울 음 남 기 고 목
구 멍 속 을 넘 어 갔 지 나 는 그
자 리 에 없 었, 기 차 가 목
구 멍 속 으 로 넘 어 갈 때, 그
때, 나 는 그
자 리 에 없, 기 차 가 막, 지 금
막

기차에대하여생각해보자조금전뱀의
목구멍속으로넘어간
그기차에대하여, 나는소화불량이니까
검은침목위에남아있는
이슬방울검은

이슬방울에대하여생각

해보자니까

이슬방울

보이지 않는다 기차도.

나도.

기계도 오르가슴을 느낀다.

1994년 5월 25일 홍대 앞 락카페 '발전소'에서 개최된 시낭송 퍼포먼스에서, 나는 캔 맥주 윗부분을 투명 종이 붕대로 감고, 참석자들에게 나누어 주었다. 물론 맥주 값 4,000원을 받고서. 원 샷! 그리고 기계와 관련된 내용으로 문장을 하나씩 만들어 던져 달라고 했다. 그 날 던져진 캔 맥주 통은 맥주 거품에 젖어 있어서 붕대 위에 씌어진 글씨가 제대로 판독이 안 되는 것들도 많았는데, 판독 가능한 깡통 11개를 무차별하게 재구성해 보니까 다음과 같은 시가 나왔다.

1 집에서 발전소까지 오는 데 너무 멀다
7 발전소에 오면 발전할까?
2 나는 오늘 휴지도 없이 수음을 했다
4 캔이 운다
5 알루미늄 캔을 찌그러뜨리고 싶다
9 이선희는 드럼통 찌그러뜨리는 것이 취미라고 한다
6 깡통 맥주 파는 발전소는 발정한 곳이다
3 맥주도 오르가슴을 느낀다
11 로보캅은 에브랄 쌍자지다
10 나는 컴퓨터를 경멸한다
8 하재봉 시인은 깡통이다

내가 발전소에 관해 알고 싶은 모든 것들

발전소는 언제 만들어졌나요?

지금 막,
화장실 변기에 앉아 있을 때
1994년 6월 6일 21:37
팔팔 서울 올림픽 성화가 점화되는 순간
창세기 이전
알 수 없음

발전소는 어디에 있을까요?

맨홀 뚜껑 속
켄터키 프라이드 치킨 주방
좌측 엉덩이와 우측 엉덩이 사이
트윈헤드 486SLC 서브 노트북 컴퓨터 하드웨어 내부
새벽 5시의 청진동 해장국 집 쓰레기통
평안남도 영변(번지 불명)

발전소에 가는 사람은 누구일까요?

핵 물리학자
영등포역, 청량리, 미아리, 천호동의 매춘부들
군인, 신문기자, 정치인, 은퇴한 전직 대통령(예: 지미 카터)
전기 기사
알 수 없음

발전소에서는 무엇을 할까요?

콘돔을 판다.
문예진흥기금이 포함된 입장료를 받고 영화를 보여 준다.
스파게티와 피자를 만든다.
장대높이뛰기, 2,000미터 여자 달리기, 투포환, 멀리뛰기, 장애물경주 등을 한다.
인공수정으로 아이를 생산한다.
알 수 없음

발전소는 어떻게 운영되나요?

정부(동력자원부, 체신부, 국방부 등)의 보조금

기업 문화 재단의 기부금
국민들의 세금
국민학생들의 돼지 저금통 성금
독지가들의 기부금
알 수 없음

발전소는 왜 존재합니까?

(이하 빈 칸을 메우시오)

게이 바에서 일하는 전(前) 발전소

1

난, 믿지 않았다. 그녀가 발전소였다는 것을. 내가 알고 있기에는, 발전소는 남자였다. 미스터 코리아에 나갈 정도는 안 되지만 그래도 우람하게 나온 이두박근과, 실제 목격은 못 했지만 삼국유사에 나오는 신라 경덕왕 못지않게 큰 페니스를 가졌다는 소문이 있었다. 그런데 예쁜 젖가슴을 가진 여자가, 자신이 한때 발전소였다고 주장하고 있었다. 그녀는 수줍게 말했다.

2

성전환 수술을 했어요.

3

잘랐어? 같이 갔던 내 친구 디자이너는 대뜸 그렇게 물었다. 그녀는 고개를 끄덕였다. 만져 봐도 돼? 디자이너는, 그녀가 아니라 나를 보며 양해를 구했다. 그녀, 즉 스스로를 전(前) 발전소였다고 주장하는 그는 내 파트너였기 때문이다. 나는 거절할 이유도 없고 해서, 그래, 하고 대답했다. 그러나 그녀가 안 된다고 했다. 하지만 내가 만진다면 괜찮다는 것이다. 난 어떤 편이었느냐 하면,

그녀의 음부에 손을 갖다 대고 싶은 마음은 없었다.

4

너도 잘랐니? 디자이너는 자신의 파트너에게 물었다. 아니요, 오빠. 그 아까운 걸 왜 잘라요. 그의 파트너는 그렇게 대답했다. 그리고 대신, 자신의 블라우스를 젖히고 젖가슴을 보여 주었다. 만져 봐요. 빨아도 돼, 오빠. 그녀, 아니 그, 그녀는 말했다. 만든 거야? 그래, 오빠. 예쁘지? 실리콘으로 만든 그의 인조 가슴은 내가 본 어떤 젖가슴보다도 아름다웠다. 디자이너는 조심스럽게 손을 뻗어 그, 아니 그녀의 젖가슴을 만졌다. 그리고 다른 한 손으로 그녀, 그의 음부에 손을 집어넣었다.

5

어, 어디 갔어? 은행 앞에 차를 세워 두고 현금자동지급기에서 돈을 뽑은 뒤 3분도 안 되어서 나왔는데, 감쪽같이 차가 없어진 것을 보고 어리둥절했을 때처럼, 디자이너는 놀라는 것이었다. 견인차들은 정말 재빠르다. 더 많은 국고 수입을 위해 노심초사 밤낮 없이 분주하게 일하고 있는 것이다. 견인차 기사들에게 왜 대통령 표창을 내리지 않나 모르겠다. 그 물건도, 견인차들이 데려갔나? 어디 갔어? 내 친구는 연신 어리둥절해서 물었다. 뒤로 붙였어요. 그, 아니 그녀는, 대답했다. 페니스를 항문 쪽으로 구부려서 반창고로 단단히 붙인 뒤 팬티를 입으면, 미인 콘테스트에서 수영복 심사를 해도 모른다는 것이다. 여자들하고 해? 아이 오빠, 그럼 왜 이런 데 이렇게 하고 나와. 그럼 발기는 돼? 그럼. 오빠, 있지 아침에 그것이 서지 않는 사람하고는 일을 같이 하지 말라고 그랬어. 호르몬 주사는 안 맞니? 나도 끼어들었다. 여성호르몬 주사를 주기적으로 맞으면 목소리도 여자처럼 바뀌고 발기도 되지 않는다고 들었던 것이다. 난 안 맞아, 오빠. 하지만 자른 사람들은 계속 맞아. 섹스는 어떻게 해? 그거야, 비하인드로 하지. 오빠도 생각 있으면 전화해, 내가 잘해 줄께, 응?

6

내가 궁금한 것은 발전소였다. 도저히 믿을 수 없으니까, 네가 발전소였다는 증거를 대 보라고 윽박질렀다. 그녀는 입술을 깨물더니, 팬티를 내렸다. 그리고 오줌을 누었다.

7

	높이	총저수용량	홍수조절용량	발전시설용량
소양강댐	123m	2,900,000,000m^3	500,000,000m^3	200,000Kw
안동댐	83m	1,248,000,000m^3	110,000,000m^3	926,000Kw
충주댐	98m	2,750,000,000m^3	600,000,000m^3	400,000Kw

8

그녀가 구명보트를 던져 주지 않았다면, 나는 익사했을지도 모른다. 정말 대단한 발전소였다.

9

하지만 전기를 일으킬 수는 없어요. 그녀는 슬프게 말했다. 그렇겠지. 나는 고개를 끄덕였다. 그것을 자르면, 수력은 변함없을지 몰라도 발전은 안 되는 것이다. 이해할 수 있어. 나는 대답했다. 이제 그녀는 더 이상 발전소가 아니었다. 하지만 전(前) 대통령, 전(前) 내무부 장관하듯이 그녀를 전(前) 발전소라고 부르는 것은 괜찮겠지.

흑백 TV를 보는 가건물: 발전소

1

비자

아메리칸 익스프레스

JCB

다이너스

위너스

BC

마스터

이런 신용카드 마크들이 문에 붙어 있었다. 고급 관광 호텔 지하 쇼핑센터에서나 볼 수 있는, 붉은색 녹색 청색의 삼색 줄이 그어져 있는 일본계 JCB 카드까지, 입구에 붙어 있는 것이다.

2

내부는 도굴꾼이 다녀간 무덤처럼 텅 비어 있었다. 여보세요? 계십니까? 아무도 없어요? 나는 화장실 문을 노크하듯이 조심스럽게, 벽을 두드려 보았다.

3

쿵 쿵 쿵쿵쿵 쿵쿵 쿵 쿵쿵쿵쿵쿵쿵

4

천장에서 먼지가 떨어졌다. 어둠에 눈이 조금 익숙해졌다. 이건, 아직 내부 시설도 갖추지 않은 가건물이었다. 그런데 문 입구에 각종 카드회사 마크를 붙여 놓은 것을 보면, 주인이 아주 성미 급한 사람이거나 아니면 전에 영업하던 업소를 인수해서 겉껍질만 남기고, 내부를 완전히 다시 공사하려고 준비 중인 것 같았다.

5

빛이 번쩍거렸다. 나는 처음에, 비행접시가 떨어진 줄 알았다. 아니면, 눈에 보이지 않는 숨겨진 기계 설비가 가동되는 줄 알았다. 가까이 가 보니까, 빛을 방출하는 것은 5인치 정도 되는 흑백텔레비전들이었다. 발전소 중앙을 가로지르며 길게 한 줄로 늘어서 있었다. 방송 시간이 끝났는지 수많은 줄이 그어진 채 지직, 지지직, 거리며 푸른빛을 흘리고 있었다. 나는 비무장지대 아래쪽에서 북쪽을 바라보았다. 뒷짐을 지고 여자가 서 있었다. 3년 동안 동거하면서 밤마다 전쟁을 치렀던, 배란기 주기를 잘못 계산해서 아이를 한 번 지웠던, 주근깨 여자였다. 결국 수술한 뒤 얼마 안 있어 헤어졌었는데.

6

여긴 웬일이야? 나는 물었다. 네가 불렀잖아. 그녀는 퉁명스럽게 대답했다. TV에서 나오는 푸른빛의 허리띠를 사이에 두고 우리는 마주 보고 있었다. 그녀는 언제나 공격적이었다. TV만 없었으면 우리는 또 치열한 전쟁을 벌였을지도 모른다. 내가? 내가 언제 널 불렀지? 변호사 입회하에 말하건대, 여러분도 아시다시피 난 결코, 발전소를 부르지 않았다. 조금 전, 쿵 쿵 쿵쿵쿵 쿵쿵 쿵 쿵쿵쿵쿵쿵쿵, 이렇게 두드렸잖아? 그녀는 오히려 의아해했다. 지하 수천 미터 깊이에서 핵실험을 하는 것도 아닌데, 쿵 쿵 쿵쿵쿵 쿵쿵 쿵 쿵쿵쿵쿵쿵쿵, 울리는 것일까

7

발전소 : 카드는 가지고 있겠지?

발전소를 부른 나 : 카드?

발전소 : 비자나 마스터, 뭐 그런 종류의 카드 말이야.

발전소를 부른 나 : 아, 그거야 물론 가지고 있지. JBC는 없지만.

발전소 : 괜찮아, 그중 하나만 있어도 돼. 설마 유효기간이 지나거나 연체되어 있는 건 아니겠지?

발전소를 부른 나 : 걱정 마. 난 신용이 좋다구. 은행에도 잔고가 꽤 되고 말이야.

발전소 : 굉장한데?

발전소를 부른 나 : 당연하지. 신용 사회잖아. 그런데 어디서 계산을 하지? 그리고 물건을 살 것도 없잖아.

발전소 : 그래도 필요할 때가 있을 거야.

발전소를 부른 나 : 이제, 어떻게 해야 되는 거지?

발전소 : 특별히 할 일이 없는 거야?

발전소를 부른 나 : 그래.

발전소 : 그럼 TV를 보고 있어.

발전소를 부른 나 : 아무 방송도 하지 않잖아.

발전소 : 곧 생방송 중계가 있을 거야.

8

신용카드 회사에 두 번 분실 신고를 낸 적이 있다. 멕시코시티와 베를린에서 소매치기를 당했을 때였다. 멕시코시티에서는 가지고 있던 현금까지 몽땅 잃어버려 이머전시 머니를 신청했었다. 그런데 나에게 지급된 돈은 겨우 500달러였다. 멕시코의 방코 은행에서도, 왜 당신의 거래 은행에서 그 돈만 주라고 했는지 이해가 되지 않는다고 했다. 아마 내 은행 담당자는 500달러면 태평양을 헤엄쳐서 한국까지 올 수 있었다고 믿었던 게 틀림없다. 그 돈으로 나는 3박 4일 동안 버스를 타고 멕시코시티에서 국경을 넘어 L.A.까지 갔다. 버스 디포의 화장실에서 세수를 하고 이를 닦고, 멕시코에서는 타키야로, 미국 국경을 넘어서는 맥도날드 햄버거로 배를 채우며 L.A.에 도착했다. 버스 디포 근처의 한국인이 경영하는 포장마차에서 김치찌개를 먹다가 주근깨를 만났다.

9

곧 무슨 일이 있을 것 같았지만 TV에는 아무것도 나타나지 않았다. 발전소의 충고를 따라 아무 말없이 TV를 보고 있었지만 아무것도 보이지 않는 것은 여전했다. **쿵쿵 쿵쿵쿵 쿵쿵 쿵 쿵쿵쿵쿵쿵쿵**. 맹세코 말하지만, 이번에는 정말 내가 두드린 것이 아니었다. 누가 대포를 쏘나? 아니면 정말 지하 핵실험을 하고 있는 것일까? 쿵쿵 소리가 끝나자, TV의 빛이 사라지면서 그녀도 사라져 버렸다. 아무도 없는 가건물의 어둠 속에 나는 혼자 남아 있었다. 나는 카드를 꺼냈다.

10

시청료를 누구에게 지불해야 하지?

발전소에서

그렇다, 발전소는 발전소가 아닐 수도 있다. 노량진 새벽 어시장의 경매장일 수도 있고, 불 꺼지지 않는 24시간 편의점일 수도, 종합병원 영안실의 냉동 시체 보관 창고일 수도, 또는 압구정동 갤러리아 백화점 지하 주차장일 수도 있는 것이다. 그러나 발전소는 발전소다. 발전하지 않으면 발전소가 아닌 것이다. 발전되기 위하여 나는 술을 마신다. 머리 꼭지까지 피 대신 알코올이 가득 차도록. 붉게 충혈된 내 몸을 에밀레종처럼 그 안으로 집어넣는다.

환경보호 캠페인 ─── 일회용품을 쓰지 맙시다

1

피곤할 때는 사우나가 최고다. 냉탕과 온탕, 열탕에 번갈아 가며 몸을 담갔다가 모래시계를 뒤집어 놓고 핀란드식 한증막 속에서 땀을 흘린 뒤, 샤워를 하고 취침실에서 사흘, 아니 3분만 몸을 눕혔다가 일어나면 새 사람이 되는 것이다. 부활이 별건가?

2

당국의 시책에 적극 협조하기 위하여 본 업소에서는 일회용품을 절대 쓰지 않습니다.

3

단골로 다니는 사우나에 들어가면서 칫솔과 면도기를 찾았더니, 뚱뚱한 40대 여인이 아무 말없이 창가에 붙은 표지판을 가리켰다. 그러고 보니까 쓰레기통에 아무렇게나 발전소가 집어던져져 있었다. 조금 먼지가 쌓였고 톱니바퀴 부분이 녹슬었지만, 손질하면 백 년 정도는 충분히 더 쓸 수가 있는 것들이었다. 일회용 발전소가 아닌 것이다.

4

내부 수리 중

5

나는 간판을 걸고, 공구 세트를 꺼내 십자 나사를 돌려 발전소의 뚜껑을 열었다. 나중에 다시 조립할 때 혼동되지 않도록, 커다란 백지 위에 일련번호를 적어 놓고 그 밑에 풀어낸 나사를 차례로 늘어놓았다. 내 기록에 의하면, 나사의 숫자가 4,328개나 되었다. 같은 발전소라도, 서양의 해체주의자들이 해체했다면, 1,995개의 나사밖에 나오지 않을 것이다.

6의 덧붙임

아니다. "데리다가 이 세상까지도 하나의 텍스트로 보았다면, 사이드는 텍스트까지도 하나의 세상으로 보"*았으므로, 데리다에게는 1,995개의 나사 하나하나가 각각 발전소로 보였겠지만, 『오리엔탈리즘』의 저자 사이드에게는 발전소 전체가 하나의 나사로 보였을 것이다.

6

박쥐가 푸드득 소리치며 날아갈 때, 나는 깜짝 놀라 거의 발전소를 땅에 떨어뜨릴 뻔했다. 안은 너무 어둡고 길이 복잡해서 어디가 어딘지 길을 찾기가 힘들었다. 미리 준비해 간 회중전등을 비추며, 고래의 배 속으로 들어간 요나처럼, 습기 찬 바닥에 미끌어지지 않도록 조심하면서 더 깊숙이 안으로, 들어갔다. 빨간 불,

7

발을 멈췄다. 한참을 서 있어도 신호등은 바뀌지 않았다. 고장 난 신호등이었다. 일 년 열두 달 빨간 불만 켜고 있는 신호등은, 붉은 와인을 유리잔 넘치도록 부으며 아무리 유혹해도 열리지 않는 그녀의 자궁처럼, 나를 거부하고 있었다. 여기서 돌아갈 수는 없다. 나는 법을 어겼다. 신호등을 무시하고 계속 앞으로 걸어 나갔다. 이마가,

8

종유석에 부딪쳤다. 발전소의 내부는 수천 년 된 석회암으로 가득 차 있어서, 천장에 거꾸로 자라나는 고드름 같은 석순들을 조심해야 한다. 이마가 찢어지고 피가 흘

렸다. 안전모를 쓰지 않은 것을 후회했지만, 그래도 알몸이 아닌 것이 다행이었다. 주머니에서 빵 부스러기를 꺼내, 뒤에 남은 내 발자국 위로 떨어뜨렸다. 드디어,

9

발전소의 중앙 광장에 다다랐다. 거대한 용광로가 식어 있었다. 꼭, 죽어 있는 나의 시체를 마주 보고 있는 것 같았다. 나는 바지를 내리고 내 성기를 식은 용광로 속에 집어넣었다. 그러자 불길이 솟아올랐다. 발전소가 그르렁거리며 가래침을 뱉은 뒤 움직이기 시작했다. 나는 서둘러 온 길을 거슬러 돌아갔다. 그러나 발자국이 지워져 있었다. 까마귀들이 빵 부스러기를 쪼아 먹었는지도 모른다. 어디가 입구이고 어디가 출구인지 알 수가 없었다. 사실 입구와 출구는 동일했다. 한참을 걸어도 다시 제자리로 돌아오는 것이었다. 불길이 동굴의 기다란 목구멍을 타고 뜨겁게 달려왔다. 나는,

10

숨이 막혔다. 여긴 나의 집이 아니야, 나를 꺼내 줘. 그때, 모래시계의 머리가 투명해졌다. 나는 발전소 밖에

있었다. 발전소는 나에게 붉은 종이 한 장을 내밀었다. 무단 횡단 범칙금 통지서였다.

0

환경보호 캠페인——일회용품을 쓰지 맙시다.

0의 덧붙임

질서를 지킵시다.(무단횡단 : 범칙금 5,000원에서 30,000원으로 인상)

* 김성곤, 『포스트모더니즘과 현대미국소설』, 열음사 1990년, 123쪽.

A386 도로의 히치하이커

1

A21을 타고 로얄 턴브리지 웰스의 북쪽으로 올라가다, 런던 시 교외를 둥근 고리형으로 감싸고 있는 M25 고속도로를 타고 북북서로 진로를 돌린 뒤, 웨스트 드라이튼에서 십자형으로 교차되어 남웨일즈 지방까지 연결되는 고속도로 M4로 바꿔 서로 서로, 다시 스윈든에서 A361을 타고 남으로 내려와, 거석문화 유적지인 에브베리 스톤서클, 솔즈베리 스톤헨지를 거쳐 A303을 타고 남남서로 달려 AD 2세기경부터 엑스 강가에 형성된 오래된 도시 엑시터에서 하룻밤을 묵은 뒤, 국립공원 다트무어를 가로지르는 횡단 도로를 타고 엘버튼까지 가서, A386을 타고 천천히, 1620년 신앙의 자유를 찾아 떠나는 102명의 청교도를 싣고 메이플라워호가 출항했던 도시, 플리머스 쪽으로 향하고 있었다.

2

Lands End

3

나는 순간적으로, 브레이크를 밟았다. 랜즈 엔드, 땅

끝? 짧은 반바지를 입고 배꼽이 드러난 티셔츠를 입은 금발의 여자가, Lands End라고 쓰인 직사각형의 두꺼운 종이를 들고 길가에 서 있었다. 이 무서운 시대에 아직도 히치하이커가 있나? 그러나 누가 저 금발의 미인을 두려워하랴. 설혹 미녀가 권총을 옆구리에 들이밀며 야수로 돌변한다 해도 누구나 차를 멈출 것이었다. 차는 SAAB 2인승 은색의 오픈카였는데, 도로의 바닥에 바퀴가 부딪치는 날카로운 파열음을 내면서 10미터 정도를 지나 멈췄다. 백미러를 보니까, 커다란 배낭을 들고 그녀가 뛰어오고 있었다.

4

렌터카 회사에서 2인승 오픈카를 찾는 것은 쉬운 일이 아니었다. 히드루 공항터미널 렌터카 회사에서 서류에 서명을 한 뒤 열쇠를 받았을 때보다, 주차장에 내려갔을 때 난 피가 솟구쳤다. 은장도 모양의 날렵한 오픈카였다.

5

땡큐. 간단하게 인사를 한 뒤 옆 자리에 올라온 그녀에게 난, 랜즈 엔드가 어디냐고 물어보았다. 내가 플리머스로 간다고 하자 거기까지 태워 주면 된다고 했다. 땅끝? 난 다시 땅끝이 어디에 있느냐고 물었다. 그녀는 금발의 머리카락을 한 손으로 젖히며 웃었다. 땅 끝에 있지. 거기엔 왜 가지? 나는 액셀러레이터를 밟았다. 바람이 머리카락을 뒤로 날렸다. 발전소가 있기 때문이야. 금발은 무표정하게 말했다. 발전소? 땅끝에 발전소가?

6

도로 맵을 보았다. 그녀의 손가락이 지금 우리가 있는 다트무어 국립공원 끝을 짚은 뒤, 플리머스가 있는 남쪽으로 내려오다가 길게 서쪽으로 미끄러져 한 곳에서 멈췄다. Lands End. 땅끝, 브리튼 섬 맨 남쪽 끝, 땅끝, 이었다.

7

'토말'에 가 본 적이 있다. 2월 말, 라디오 방송의 AD로부터 전화가 왔다. 일주일 동안 남해안을 돌며 현지에서 전화를 통해 생방송으로 봄 소식을 전해 달라는 것이었다. 나는 그 제의를 조금 수정해서 '토말에서 휴전선까지'라는 아이템을 내놓았고 그것이 받아들여져서, 전라남도 해남군 북위 34도 17분 38초에 위치한 토말에서 임진

강 휴전선 철책 앞에 있는 통일 전망대까지, 내 노란색 스쿠프를 타고 여행을 했었다. 오후 2시 30분부터 40분까지 하루에 십 분 정도 방송하면 되었지만 간단한 일은 아니었다. 생방송을 마친 다음 바로 내일 방송할 곳으로 출발해야 했다. 도착해서 여관을 잡고 저녁을 먹은 뒤, 거리를 걷다가 술 한잔 걸치고 책을 본 뒤 잠을 자고, 아침에 일어나 군청이나 시청 공보실에 들러 각종 정보를 얻어 화원이나 과수원, 아니면 현지의 봄 특산물을 파는 곳에 가서 섭외를 한 뒤, 방송국으로 오늘 방송 내용을 미리 얘기해 주어야 했다. 그리고 1시 30분부터 스탠바이, 방송 십 분 전, 서울에서 전화가 오면 수화기 속으로 들려오는 방송 내용을 듣고 있다가, 아나운서가 하재봉 씨 안녕하세요? 하면, 방송 속으로 들어가는 것이다.

8

운전자가 동양인이라는 것이 조금 놀라웠을 텐데 그녀는 조금도 낯설어하지 않았다. 난, 사흘 전 런던에 도착해서, 로얄 턴브리지에 있는 친구를 방문한 뒤, 그 친구의 권유로 스톤헨지 등과 국립공원 다트무어를 지나왔다고 말했다. 또 플리머스로 가고 있지만 꼭 거기에 가야

할 필요는 없으며, 당신이 가고 있는 '땅끝'이라는 지명이 우리나라에도 있는데, 나도 계획을 수정해 그곳에 가고 싶다고 했다. 그녀는 다시 환하게 웃었다. 그리고, 여행 중 수없이 많이 들은 질문…… 훼어 아 유 프럼?

9

코리아. 노우쓰? 노우, 사우쓰. 아이 리브 인 서울. 북핵 문제가 세계 뉴스의 핵으로 떠오른 뒤, 유럽 여행길에서 만난 사람들의 대부분은, 코리아라고 하면 노우쓰냐고 먼저 물어본다. 그녀는 한국말로는 랜즈 엔드를 뭐라고 부르냐고 물었다. 땅끝. 떵꺼? 이중자음이 겹친 거센 발음을 그녀는 따라했지만 잘 되지 않아, 우리는 함께 웃었다. 그리고,

10

플리머스에서 A38을 타고 보드민까지 간 뒤, A30 도로로 바꿔서 펜잔스를 거쳐 드디어 랜즈 엔드, 땅끝에 도착했을 때는 새벽이었다. 그녀는 의자를 젖히고 잠이 들어 있었다. 황량한 들판이 계속되는 데본 주(州)의 무어 지방에서 랜즈 엔드 쪽으로 향하는 콘웰 주(州)는 제주도

지역과 흡사하다. 블루 스톤이라고 부르는, 제주도 지방에서 볼 수 있는 현무암 비슷한 돌이 거친 들판에 쌓여 있다. 발전소는 어디에 있지? 불안한 구름들이 앞으로 몰려왔다. 나는 삶의 마지막을 향해 액셀러레이터를 밟는 델마와 루이스처럼, 발끝에 힘을 주었다. 작은 마을을 지나자 성곽 같은 커다란 건물이 길을 가로막고 있었다. 나는 그것이 발전소인줄 알았다.

11

차를 멈췄다. 그녀는 눈을 부비며 일어났다. 존재를 날려 버릴 것 같은 바람이 몰아치고 있었다. 발전소인 줄 알았던 건물은 땅끝 호텔이었다. 그녀는 트렁크에 있는 배낭을 꺼내 들고 절벽 밑의 작은 길을 따라 내려가기 시작했다. 나는 바위 틈 사이로 얼굴을 드러낸 새끼 여우를 보고 있었으며, 마녀의 전설이 적혀 있는 표지판 주변에서 흰 꽃을 보았다. 꽃을 꺾으면 마녀가 나타난다는 것이었다. 꽃을 꺾어 흔들자, 그녀가 보이지 않았다. 오래 기다려도 돌아오지 않았다. 나, 혼자서, 땅끝에 서 있었다. 발전소는 어디에 있는 것일까?

발전소에 가지 못한 발전소

여기, 아닌 다른 곳으로 가고 싶다. 나를 옮겨 가 다오. 죽음이 시작되는 곳으로. 다시는 소생하지 않는 삶 곁으로. 나는, 나를 움직여 가고 싶다. 마지막으로 내 눈꺼풀을 덮어 주는 것은, 애인들 중에서도 나를 가장 증오했던 여자.

배신의 얼굴은 가면 뒤에 숨어 있다. 내가 보고 있는 것이 가면이라는 것을 알면서도 그 뒤에 숨어 있는 음모만은 모른 체한다. 더 이상 나를 속일 수 없을 때 나는, 나를 버린다.

언제나 가까운 데서 상처를 받는다. 가까울수록 그것은 치명적이다. 뜨거운 욕탕에 누워 칼로 동맥을 자른 뒤, 몸 안의 피가 서서히 빠져나가고 투명한 물빛이 차차 붉어지는 것을 바라보는 것처럼, 나는 꼬리만 남아 있는 내 삶을 바라본다.

구운 오징어를 찢어 먹으며 전기가 들어올 때까지 나는 찢어지지 않고 견디어 냈다. 불이 켜지고 나는 나로 돌아왔다. 너 어디 갔었니? 손끝으로 더듬어도 만져지지 않대. 빈 배처럼 물살에 출렁이며 어둠만 가득 싣고 어디서 돌아오는 거야.

나는 대답했다. 정말이야, 거짓말이 아냐. 나는 대답하려고 했다. 내 입은 열렸지만 목구멍 밖으로 소리가 새어 나오지 않았다. 나는 무성영화 속의 등장인물처럼 세상에 대해 소리 질렀다. 그럼, 넌, 나의 변사?

물 묻은 손으로 고압전선을 잡는다. 곧 새로운 삶이 시작될 것이다.

발전소 입회하에 작성된 유언장(서문)

아무것도 발전하지 않는 발전소, 발전해야만 한다는 욕망의 충동에서 해방된 발전소.

그러나 어떻게?

어떻게, 문을 열고 높은 담 옆의 그늘진 골목을 지나 모든 길이 거기에서 시작되며 거기에서 끝나는 발전소에 다다를 수 있겠는가.

아무도 타지 않은 빈 기차. 선로의 이음새 부분을 통과할 때마다 고통의 신음 소리를 덜커덩거리며, 끊어질 듯 이어지는 삶을 짓누르고 기차는 지나간다.

어디로 가는지 모른다. 언제나 지금 이 순간, 자신이 삶의 한복판으로 들어서고 있다고 믿는 것이다. 이렇게 살려면 차라리 똥씹을 하거나 아편초를 빠는 게 낫겠다. 여러분, 그렇게 생각하지 않으십니까?

멀리서 그곳을 볼 때 그곳은 발전소가 아니었다. 그런데 나는 지금 발전소 입구에 와 있는 것이다. 한 번이라도 발전소 밖에서 발전소를 본 사람은, 저것이 나의 몸이었나 의심이 들 것이다.

정답을 잃어버린 퍼즐 게임처럼 엉켜 있는 고압선들. 힘을 운반하면서 가끔, 주위의 사소한 반대에 부딪쳐 무서운 불꽃을 내는 고압선. 바로 이런 풍경 속에서 남은 생이 흘러가 버렸다.

만약, 서쪽 땅 밑에 죽치고 앉아 매일 취해 돌아오는 더러운 태양과 간통한다면, 나는 재활용될 수 있을 것인가?

발전소 결혼식 날

발전소 결혼식 날 비는 오지 않았다
천둥이 칠 것처럼 구름은 검은 얼굴로 서성거렸지만
지하 발전소에 모인 하객들은 태양보다 환한
장미꽃을 들고 웃고 있었다 우주의 모든 태양들에게
출두 명령서를 발부했나? 조금 늦었지
화장실에 다녀왔어 발전소는 웃었다
탭댄스를 추는 발전소를 본 적이 있는가?
검은 안경을 끼고 공사장에서 착용하는 안전모를 쓰고서
발전소가 춤을 추자 발전소를 미행하는 또 다른 검은 안경이
발전소 흉내를 내며 따라서 춤추기 시작했다
넌 내 그림자야, 발전소가 속았다는 듯 내뱉었다
세상의 마룻바닥은 못이 빠진 듯이 삐걱거렸고
우리들은 바람의 귀가 간지럽도록 웃었다
발전소 결혼식 날 발전소 밖에서
비바람이 몰아쳤는지 천둥 번개가 우지끈 꽝꽝거렸는지
우리는 모른다. 애는 몇이나 날 거야? 발전소
부인은 신부답게 수줍게 웃었다 발전소
하기 나름이에요 발전소
결혼식 날 심장이 약한 발전소 어머니에게

두꺼비집 스위치를 올리는 임무가 주어졌었다
간단한 것이지만 쉬운 일은 아니었다 술에 취해
탁자에 얼굴을 처박고 쓰러진 발전소
어머니는 발전소를 낳을 때처럼 안간힘을 다해
두꺼비집을 밀어 올렸다 두꺼비집을 올리면
하늘의 별이 커진다고 말한 시인도 있지만
두꺼비는 어디에서 사나?
발전소 결혼식 날 두꺼비집을 올리니까
발전소가 일어났다 두 눈에서 별이 반짝
가슴에서도 별이 반짝 성기 끝에서도 별이 반짝
발전소 심장이 까맣게 탈 때까지
발전소 아이를 낳기 위해 전속력으로 달려갔다

발전소 발전소 발전소 발전소

발전소 늙었다 발전소 돋보기 안경을 쓴다 발전소
가래가 끓는다 발전소 기침을 한다 발전소
발기 불능 발전소 새벽에도 일어나지 않는 발전소
발전하고 싶다 발전소 궁중 내시 가느다란 소리로
발전소 힘의 어머니 태양을 부른다 발전소 물 묻은 손으로
전선을 붙잡고 충전을 호소한다 발전소
번쩍 발전소 토마토 케첩 뿌린 태양을 구워
포크로 찍어 먹는 발전소 정력 강장제 뱀탕 해구신
상어 지느러미를 상습적으로 복용하고도 정자를
생산 못 하는 발전소 거세된 발전소 러시안
룰렛 게임처럼 엄지와 검지 손가락을 세워 발전소
이마에 대고 방아쇠를 당긴다 발전소 로보캅
발전소 터미네이터 발전소 쓰러진다 그러나 쓰러진 것은
옛날의 발전소 이것은 게임의 법칙
발전소 여기서 발전하면 무덤뿐이다
발전소 클라이맥스에서 원초적 본능으로 되돌아오는
발전소 심장의 펌프가 뛰지 않을 때까지 생산을 멈출 수 없는
발전소 그것은 거세된 자의 특권
발전소 힘의 세력 어둠의 군화를 벗는다

섹스를 할 때도 군화를 벗어 본 적이 없는 발전소
흰 머리카락이 은으로 반짝인다 발전소 어둠이 싫다
발전소 달콤했던 입술에서 썩은 생선 같은 냄새가
난다 발전소 헤어지기로 마음먹는다 발전소 마음만 먹는다
발전소 먹고 먹어 임신부처럼 배가 불러 온다 발전소
어떻게 해야 될지 몰라 이를 드러내며 웃는
발전소 빠진 이빨 사이에 새끼 고양이처럼
발전소 웅크리고 있는 죽음 발전소 은의 머리카락이
금으로 바뀔 때까지 발전소 웃는다 발전소 웃다가 우는
발전소 눈물로 발전하는 발전소 눈물을 모았다가
태양열에 증발시키면 검은 소금만 남는
발전소 웃음소리를 거꾸로 돌리면
발전소 피가 모자라 피가 없어 피가 필요해 발전소
피를 공급하기로 결정한다 발전소 죽어
가죽도 못 남기는 발전소 우족탕도
끓여 먹을 수 없는 발전소 땅속의 불을 향해
발전소 다족류의 뿌리를 뻗는다 발전소 뜨거운
지평선 열고 발전소 다시 태어나는 태양을 보며
쇠뭉치 대포처럼 거대하게 발기하는
발전소

변명: 발전소 가상현실

무대는 발전소 바닥과 천장과 벽이 유리로 된 발전소 서로가 서로를 비추는 발전소 발렌타인데이 초콜릿 상자에 가려져 얼굴 보이지 않는 발전소 얼굴은 없다 투명인간 발전소 초콜릿 껍질을 벗기는 발전소 검게 드러난 알몸 뜨거워지는 발전소 맨발로 걸어가는 발전소 죽음 지나간 자리마다 키스 마크 찍히는 발전소 거울 바닥에 피처럼 번지는 발전소 바닥을 뒹구는 발전소 천장에 누워 있는 발전소 벽에 선반처럼 걸려 있는 발전소 원주민 토인처럼 싱싱한 피부 발전소 틈만 보이면 지대공 미사일 같은 성기를 발사하는 발전소 벌려진 자궁 속에 처박히는 발전소 흔들리는 발전소 규칙적으로 삐걱거리는 침대 스프링 소리에 맞춰 엉덩이를 상하로 움직이는 발전소 실핏줄 터뜨리는 발전소 뜨거운 대지 위로 범람하며 마른 사막 같은 음부를 물어뜯는 발전소 얼룩말 시체를 깨끗하게 청소하는 수리독수리 발전소 저항하지 않는 음부를 혀끝으로 천천히 적시는 발전소 입 안으로 들어오는 꺼칠한 음모 발전소 목구멍 타고 위장 속으로 들어가는 발전소 정상적인 공기의 순환을 가로막고 있는 엘니뇨 현상 발전소 가뭄이 해소되지 않는 발전소 이쪽에서 저쪽을 보아도 저쪽에서 이쪽만 보이는 발전소 리히터 진도 7.2의 직하

형 지진이 강타할 때까지 발기해 있는 동안 세계의 중심이 되는 발전소 사망자 5천 2백 40명 실종——부상 2만 6천 8백 명 피해액 1백조 원 발전소 성기 끝에 통증이 찾아와 더 이상 초콜릿을 녹일 수 없는 발전소 철근으로 된 뼈를 드러내고 신음하는 발전소 목마른 발전소 버드나무 가지로 지하의 수맥을 찾는 발전소 물 좀 주소 발전소 텅 빈 저수지 발전소 배를 드러내고 죽어 있는 물고기 발전소 죽지 못하고 늙어만 가는 발전소 햇볕 아래서 발기하지 못하는 발전소 힘 있을 때는 69 체위로 서로의 성기를 핥아 주던 연인들의 발전소 지금은 폐쇄된 발전소 무너진 도로와 항만과 댐이 복구될 때까지 발전소 무용지물 발전소 대마초를 피우는 발전소 팔뚝에 몰핀을 찌르는 발전소 되돌아오는 고통 발전소 자위를 한다 발전소 고여 있는 정액이 없는 발전소 사정도 되지 않는 발전소 삶의 영원한 리사이클링 무대는 발전소

발전소 후일담

1

그녀의 음부, 속으로부터 기어 나온다 나는. 어두웠지만 따뜻했었다. 언제 들어갔는지 기억이 나지 않는 걸 보니까 그 속에 오래 머물러 있은 건 틀림없나 보다. 입구에 팔각형의 거미줄이 쳐져 있었다 글쎄.

2

나는 지금 발전소에 갔다 왔다고 말하고 있는 것이다.

3

아니 왜, 있지 않은가? 매몰 사고 후 구조되는 광부들이 검은 담요로 몸을 칭칭 감고 나온 걸 신문이나 TV에서 본 기억이 있을 것이다. 치욕스러워서일까? 그렇게 생각했었다. 인생의 막장까지 굴러 온 자신의 모습이 타인에게 노출되는 것을 꺼려해서 그럴까? 나는 그렇게 생각했었다. 지하 수백 미터의 완벽한 어둠 속에 있다가 처음 햇빛에 노출될 때의 실명의 위험을, 나는 몰랐다. 다시 말하자면, 나는 태양을, 고무줄놀이 하거나 앉아서 오줌 누는 여자 애들처럼 우습게 알았던 것이다.

4

무엇을 할까, 나는 종일토록 역 대합실의 딱딱한 나무 의자와 제복을 입은 경비가 지켜 주는 은행의 귀빈용 소파에 앉아, 빈둥거리며, 앞으로 다가올 내 삶을 생각했다. 그것은 끔찍한 일임에 틀림없었으나, 살아 있다는 것 자체가 농담이었으므로 마음 놓고 나는, 바닥에 놓은 내 마음을 거미들이 뜯어 먹어 마침내 뼈와 껍질만 남기까지, 내 정신의 참혹함을 즐기고 있었다. 시간은 장기판의 졸처럼 앞으로만 가는 것이기 때문에.

5

햇빛이 있는 동안 나의 몸은 따뜻해져 갔다. 지상은 또 다른 나의 숙주, 거대한 음부에 다름 아니었고 여전히 나는 그 동굴 속에 서식하는 기생물이었다.

6

기생(寄生, Parasitism)에 대한 사전적 정의는 이렇다: 어떤 생물이 다른 생물의 체내 또는 체표에 서식함으로써 영양을 섭취하여 생활하는 것. 기생하는 생물을 기생생물 또는 기생자라 하고, 기생하는 대상이 되는 생물을 숙주

또는 기주라고 한다. 기생은 원칙적으로 숙주를 살려 둔 채 이용하는 생활양식이나, 최종적으로 숙주를 먹어 치우는 포식 기생도 있다. 때로 숙주의 사체나 배출물에서 영양 섭취를 하는 경우도 있다. 그것을 사물기생(死物寄生) 혹은 부생(腐生)이라고 한다.

7

그렇다면, 내가 빠져나온 그녀의 음부는 빈 껍질만 남아 있을까? 내가 그녀의 내부 세계에 집을 짓고 있는 동안 그녀의 심장 뛰는 소리를 들은 적은 한 번도 없다. 냉동실처럼 그녀의 몸은 서늘했고 나는 뜨거운 햇빛 피하며 여름 한 철 나기는 제격이겠구나 콧노래까지 불렀으니까. 그러나 음부만은 따뜻했었지.

8

나는 알로서 다시 그녀의 음부 속으로 들어가고 싶지는 않다. 왜냐하면 딱딱한 껍질 속에 둘러싸인 고치의 절망을 반복하고 싶지 않기 때문이다. 결코 이 지상으로 두 번 다시 돌아오고 싶지 않은 것이다.

붉은 램프로 웅크리고 있다 기차는
자기만의 길이 있다 시간당
만 오천 원 하는 시 창작 특강 강의를 위해
『시론』(김준오 저, 도서출판 삼지원 발행, 정가 8,000원)
제3판 교재와 병치 은유에 대한 강의 노트 참고 시집을
들고
수직으로 내려가는 엘리베이터
직사각형 관 속에서 다시
상승 버튼을 누를 수 없다 돌이킬 수 없는 것은
내가 살아 있다는 것 그리고 기차가
자기만의 길이 있는 것처럼
길 밖으로 나의 생을 옮기기 위해서는
다른 몸이 되어야 한다는 것이다

■ 작품 해설 ■

발전소 가는 길

장현동

서울에서 자라나, 노란 스쿠프를 타고 다니고, 마란츠 앰프와 B&W 802 스피커로 오코너와 팻 메스니를 들으며, 전기 기타를 한 번이라도 쥐어 봤고, 평일 오후에 종로 극장가를 누비고, 밤에는 그럴듯한 상대와 '발전소'를 들락거려 본 세대는 알 것이다. 아니 시청 지하철 역에서 만나도 좋고, 대학 정문도, 김건모도, 삼류 극장과 재수학원이 즐비한 노량진도, 레게 바도, 비디오방도 다 좋다. 대도시에서 자라나 교과서보다 신문의 TV 프로를 잘라 가지고 다니며 꼼꼼히 읽어 본 세대는 안다. 왜 온갖 권위와 간섭 아래에서도 매일 담배를 두 갑이나 피우며, 운동권이 되었고, 몰래 여관을 들락거려야 했으며, 아버지를 '개새끼'라고 불러야 했는지를 안다. 고생 고생해서 공을 세우고 이름을 날린 1대, 고생 모르고 선친의 사업을 잇는 데 온 힘을 다한 2대, 그러나 쓸모없는 탕자로 변하여 조부모의 재산까지 다 날려 버린 3대가 왜 우리여야 하는지 안다.

문단에서도 이렇게 고민도, 할 말도 많으며 발랄하고 대담한 3대의 등장이 서서히 진행되는 것 같다. 아니 정착되어 가는 느낌이다. 하지만 수적으로는 빈약하다. 일본의 경우야 익히 알고 있는 하루키, 마사히코, 류 등 참 풍성하다. 하지만 우리나라의 경우 하재봉, 장정일, 송경아 등 손에 꼽을 만큼 적다. 우리 세대의 문학은 피기도 전에 사라지는 것 아닌가 하는 생각이 자꾸 들어 객관적인 글을 써야 하는 필자의 입장이 엄연히 존재하지만 마음껏 지원사격을 하고 싶은 것이 솔직한 심정이다. 지금 우리가 손에 들고 있는 하재봉의 시집은 그런 점에서 참 반갑다.

하재봉의 『비디오/천국』과 『콜렉트 콜』을 읽어 본 독자는 이미 알겠지만 그는 비디오 마니아, 기계광으로 유명하다. 다양하고 많은 가능성을 가진 새로운 미디어가 공감의 영역을 급속도로 넓히며 문학의 자리를 위협하고 있다는 점을 감안할 때 문단에서 그의 작업은 의미 깊다. 시인의 원형이라고 할 수 있는 오르페우스의 현대판 지옥 체험기라고 할 수 있는 『콜렉트 콜』은 우리가 이제까지 견지해 왔던 고전적인 시각을 20세기 말의 문화에 걸맞게 세련되게 재조정해 주었다. 이를테면 그 주인공이 가지고 다니는 캠코더의 렌즈를 통해 미국(더 나아가 이 지구)의

살벌한 리얼리티를 담아내는 것이 그 방법이다. 한국에서의 노사분규를 피해(?) 미국에 온 주인공이 맞이해야 되었던 낯선 현실에서 섹스와 살인은 지겨운 일상이요, 지구의 종말은 문턱까지 다가왔다는 것이 그렇다. 이런 그가 이번에는 '발전소'를 물고 늘어졌다. 물론 시집 『발전소』에도 그런 구멍 체험이 없는 것은 아니다. "발전하는 곳은 어둡다."(「발전소에서」)고 하면서 "바닥에 철판이 놓여 있고 천장에는 전선이 길게 늘어져 있"는 발전소를 하나의 자궁으로 보고 "엄마, 어두워요. 불 좀 켜 주세요."라고 웅크리는 알이 되는 장면은 『콜렉트 콜』의 연장으로 이해된다.

이제 슬슬 그와 호흡을 맞추어 보자. 필자는 발전소 이야기부터 꺼내겠다. 우선 발전소를 말하기 위해서는 "기차"부터 이야기해야 한다. 독자들은 이렇게 물을지도 모르겠다. 발전소는 뭐고, 기차는 또 뭐냐고. 그러면 다음의 시를 읽어 보라, 만약 CD가 있다면 레게 리듬에 맞춰서.

> 내 기억하거니와, 하늘과 땅을 용접시키던 불꽃의 꼬리가 죽은 나뭇잎처럼 숲 속으로 떨어지는 것이었다.
>
> 신분을 감추고 나무들의 바다 속으로 걸어가는 나. 구름은 흩어지면서 숨어 있는 황금을 슬쩍 보여 준다. 저녁보다 먼저 별의 등불을 걸어 두어야 하므로. 기차가

지나간다. 아주 우둔한 자들은 서쪽 지평선 밑에 태양을 매장한 뒤 발전소를 찾아가는 것이었는데, 거꾸로 내려가는 후송 열차인지 상처 받은 신음 소리로 가득 차 있어, 난 잠들 수 없다.

내 거의 확신을 가지고 물어보겠는데, 누구에게도 공격받지 않고 임종을 맞은 사람이 단 한 사람이라도 존재하는가? 그렇다면 남은 나의 생을 그대에게 무상으로 기증하겠다. 기차가

지나간다. (중략)

누구나 자기 몸 이외의 또 다른 무덤을 갖고 싶어 한다. 일생 동안 나는 태양에 집착했었다. 그것이 나의 자궁이었고, 그것이 나의 발전소였으며 그것이 나의 암세포였으므로. 벌써 날은 저물고, 그림자들이 길어지고, 벽들이 두꺼워졌다. 아, 기차가

지나간다.

—「기차가 지나간다」

필자가 강조를 해 놓은 대로 하재봉의 위 시는 "기차가 지나간다"라는 구절로 사이사이가 연결되어 있다는 것을 알 수 있다. 기차라고 해서 선뜻 근대화의 한 비유 정도

로 생각해서는 시대착오적인 오류를 범하는 것이다. 발전소(그 간판에는 KRAFT WERK라고 독일어로도 적혀 있다.)가 직접적으로는 홍대 앞에 위치한 어느 락카페라는 점을 생각해 볼 때 또 하나 연상되는 것이 있다. 카일리 미노그의 「The loco-motion」이라는 댄스 뮤직이 그것이다. 또 'locomotion'이 사전적으로는 기관차를 의미한다는 점과 기차의 규칙적인 움직임과 경쾌한 리듬을 끌어들이면 "기차가 지나간다"는 바로 '춤춘다'는 것을 뜻함을 독자는 자연스레 연상할 수 있을 것이다. "전자 팽이", "소용돌이", "연어" 등이 기차의 그런 빠르고 섹시한 이미지를 내포하고 있다. 즉 「기차가 지나간다」라는 시는 춤추는 사이에 일어나는 마음의 흐름과 사건들을 적어 『발전소』 표제 시의 역할을 하는 것 같다. 그렇다면 발전소라는 장소는 기차가 지나갈 수 있는 장소이고 이 기차의 지나감은 하재봉에게 사유를 이끌어 시를 쓰게 하는 행위라는 것을 알 수 있다. 즉 "기차"를 끄는 기관사는 댄스 뮤직과 같은 가볍고 경쾌한 것이고 그 승객은 댄서들이며 그 기차가 지나다닐 수 있는 궤도는 '발전소' 안에 있으므로 기차의 세계는 정말 발전소라고 할 수 있을 것 같다. 그래서 하재봉은 이렇게 이야기한다.

> 나는 세계의 중심인 발전소까지 와 있는 것이다.
>
> —「발전소: 영업정지」

'카페의 인간'이라 불렸던 사르트르가 얼핏 생각이 난다. 카페에서 생각하고 책을 쓰고 토론하고 잠자고 먹고 담배를 피우고, 생의 거의 모든 것을 카페에서 행했던 시대의 사람들. 카페는 그들에게 사유와 지적 생산을 지탱시켜 주던 귀한 장소였을 것이다. 우리에게 그런 그럴듯한 카페가 있었던가? 그런 공감의 장소가 있었다면 '광장' 정도? 하지만 이것도 김수경의 소설 『자유종』 등에서 보여지듯이 집단적 착란의 장소로 드러났을 뿐이다. 이런 상황에서 하재봉의 발전소는 그것에 대한 하나의 대안적 비유로 작용하지 않나 싶다.

그러면 이제 발전소에서 일어나는 일에 대해서 이야기하고 넘어가야 할 때가 된 것 같다. 물론 필자는 독자 스스로 발전소를 한번 방문해 보길 권한다. 그것이 가장 빠른 길일지도 모른다. '발전소'라는 글자가 들어간 일련의 제목들만 봐도 그의 화두가 무엇인지 알 수 있다. 이를테면 「발전소 가는 길에 만난 발전소」에서 발전소라는 이름표를 단 그녀가 발음하는 "바쩐쇼"라든가, 「화두: 발전소」에서 발전소라고 소리 나는 "어머니의 치마 밑", 「변명: 발전소 가상현실」에서 벌어진 한 편의 멋있는 퍼포먼스에서 볼 수 있듯이 발전소는 그의 시에서 끊임없이 변주된다. 그래서 마치 발전소라는 글자가 없는 제목을 가진 시들은 부가적인 것이 아닌가 하는 생각이 들기도 한다. 그 중의 한 편을 보면 이렇다.

3

발전소에서 무슨 일이 일어났는가?

4

우선, 나는 시각을 잃어버렸다. 발전소에 다녀온 뒤. 스치는 피부의 감촉만으로도 나는 오르가슴을 느낄 듯했으며, 정확하게 표현하자면, 보이지 않는 것까지도 보이기 시작했다. 그러므로, 한쪽 눈에 안대를 한 태양을 산 채로 매장했다 해도 놀라지 않을 것이다. 다음, 생략.

—「한쪽 눈에 안대를 하고 바라본 발전소」

발전소는 그의 시각을 앗아갈 정도로 강력한 힘을 가지고 있는 태양과 같은 존재, 시인에게는 에너지 넘치는 창조의 원천으로까지 비쳐진다. 그래서 보이지 않는 것도 보게 하며 한쪽 눈을 잃어도 좋다. 그래서 그런지는 몰라도

투서에 의하면, 기존 체제에 불만을 품은 불순분자들이 발전소에 모여 범행을 모의하고 있으며 이것은 우리 사회에 명백하고도 심각한 위협을 줄 것으로 우려된다는 것이다. 확인할 수 없지만, 그들이 발전소 내부에서 본드를 흡입하거나 집단 섹스를 했는지도 모른다는 주장이 있었다.

—「오프더레코드: 발전소」

라는 극단적인 표현에서도 볼 수 있듯이 발전소는 금기와

위반으로 가득 차 있는 곳으로 비쳐진다. 그래서 구멍이니 게이니 호모니 경계의 혼란이 일어나기도 한다. 이 뒤의 파장은 독자들이 즐겨야 되리라.

2

성전환 수술을 했어요.

3

잘랐어? 같이 갔던 내 친구 디자이너는 대뜸 그렇게 물었다. 그녀는 고개를 끄덕였다. 만져 봐도 돼? 디자이너는, 그녀가 아니라 나를 보며 양해를 구했다. 그녀, 즉 스스로 전(前) 발전소였다고 주장하는 그는 내 파트너였기 때문이다.

—「게이 바에서 일하는 전(前) 발전소」

하지만 한 가지 잊지 말아야 할 사실이 있다. 『발전소』의 시편들은 일종의 소비 행위에서 나온 것이므로 쉽게 사멸하거나 부패할 수 있다는 점이다. 자기 고갈을 감수하면서 이 시들을 낳은 것은 아닌가 하는 생각이 들어 약간은 안쓰럽다. 하지만 어떠랴. 우리의 머리 위에서 피어오르는 환상을 거부할 수는 없는 것을.

(필자: 문학평론가)

하재봉

중앙대 대학원 국문과를 졸업했다.
1980년 《동아일보》 신춘문예에 시가 당선되고,
1991년 중편소설로 《문예중앙》 신인상을 수상하여 등단했다.
시집 『안개와 불』, 『비디오/천국』 등과
장편소설 『쿨 재즈』, 『황금동굴』 등이 있다.

발전소

1판 1쇄 펴냄 1995년 5월 10일
1판 2쇄 펴냄 1995년 8월 10일
신장판 1쇄 펴냄 1997년 11월 5일
개정판 1쇄 찍음 2007년 4월 16일
개정판 1쇄 펴냄 2007년 4월 20일

지은이 하재봉
편집인 장은수
발행인 박근섭
펴낸곳 (주) 민음사

출판등록 1966. 5. 19. 제16-490호
서울시 강남구 신사동 506번지 강남출판문화센터 5층 (우)135-887
대표전화 515-2000 / 팩시밀리 515-2007
www.minumsa.com

값 7,000원

ISBN 978-89-374-0588-4 03810